Grit Krüger

Roman

kanon verlag

ISBN 978-3-98568-063-4

1. Auflage 2023
© Kanon Verlag Berlin GmbH, 2023
© Grit Krüger, 2023
Umschlaggestaltung: Anke Fesel / bobsairport
Unter Verwendung eines Gemäldes von
Kim Reuter
Herstellung: Daniel Klotz / Die Lettertypen
Satz: Marco Stölk
Druck und Bindung: Pustet, Regensburg
Printed in Germany

www.kanon-verlag.de

Teil 1
Komm

--- --- -- --

Mascha
Kraft

Ihr Wasser, ihr Wasser: eiterweiße See, schonend rück-
fettende See, Milchundhonigkunstgeruch. Das Abluft-
brummen grollt ihr einen Sturm zusammen. Im Dunkeln
grollt sichs besser, denkt Mascha, drum pfeift sie rund um
sich herum die Teelichter aus. Zwei sind schnell erwischt,
beim dritten muss sie sich am Wannenrand hochziehen
und hinüberbeugen. Beim letzten aber hilft auch das nicht:
Das flackert vor sich hin. Pfiff um Pfiff, und nichts erlischt.
So eine Sturheit! Und die Sturheit, die gefällt ihr. Ein hal-
bes Lächeln bricht ihr Pfeifen. Gut so, denkt sie sich. Weiter so. Dann wischt sie das Licht vom Fensterbrett in die
Gischt – und tschüs! Im Dunkeln lehnt sie sich zurück,
genießt das Tapetenblattern an der Decke und zitiert die
Weite herbei.

Hier und heute bräuchte es dreihundert Mann, schätzt
Mascha. Mit Sand in den Römersandalen und Kriegslust
unter der Brustplatte. Eine Armee, die vom Strand aus auf
die Wellen blickt, die kurz vor dem Aufbruch an den Sieg
am anderen Ufer glaubt. Sie wäre jedem Krieger eine Meile
voraus. Dreihundert Mann, die auf ihr Tausendseitenepos
warten, auf den Wind, der da draußen das Gesicht von
Mensch zu Held grindet. Jeder einzelne mit Sturmmiene,
jeder in Erwartung, die Weite zu bezwingen und mit Ge-

schichte zurückzukehren. Dreihundert Mann, die schon hören, wie die Kinder und Kindeskinder, wie die Schwestern und Mütter und Ehefrauen, wie auch die Vögel und die Fische einmal ihre dreihundert Namen rufen werden. Und Mascha, die Dreihundertundeine, die ihnen da draußen gezeigt hat, wie es geht, würde die Erste sein, deren Name ertönt.

»Mama!«

Sie horcht, sie seufzt, sie taucht unter. Doch auch unten tönts, nur dumpfer.

»Mama!«

Mein Wasser, tja, mein Wasser, denkt sie, hebt sich aus den Wogen hinauf in den Stand. Hält sich an der Waschmaschine fest und steigt aus dem Wannenmatt, noch mit Schaum zwischen den Zehen: »Gleich, Mücke, ich bin fast fertig.«

Ihre Tochter kann nicht pfeifen. Sie macht die Lippen eng, bringt kaum einen Hauch hervor und wundert sich, dass der nicht zum Ton wird. Ihre Tochter ist eine, die weint, wenn es ihr zu dunkel wird. Und ihre Tochter ist eine, die ruft: »Da, guck, man muss bezahlen!«, und dabei die Vetteln im Kassenhaus aufschreckt, wenn man gerade mit ihr daneben durchs Gebüsch gebrochen ist, um sich an den Badesee zu stehlen.

Noch aber ist nicht alle Hoffnung verloren. Die Kleine kann schleichen und grinsend im Park den Schlaksen die Dosen von der Decke schnappen. Rechnen kann sie auch: fünfundzwanzig Cent pro Dose – fünf Dosen, ein Eis. Wenn eine Alte sie fragt, wie alt sie ist, dann sagt sie: »Verrat ich Ihnen für nen Euro!«, und alle lachen. Die Alte, weil sie in sich auch so eine Stimme kennt, die Geld verlangt für Floskeln und sich freut, wenn sie im Kind einmal laut werden darf. Das Kind, weil die Alte lacht – und Alte oft Geld geben, wenn man mitlacht und bittedanke sagt. Sie selbst, weil die Kleine den Blick der Alten hält, die Münze nimmt, im Jackenfutter versteckt und glaubt, dass sie, die Mutter, das Geld am Monatsende dort nicht findet. Das Mädchen muss noch lernen. Aber noch, ja, noch ist nicht alle Hoffnung verloren.

Die Kleine verzieht sich, wenn der Tröster kommt. Einmal, morgens nach einer langen Nacht, sind sie im Wohnzimmer gestrandet – er über dem Sessel hängend eingeschlafen. Das Kind schleicht um sie herum, ohne Mucks, dreht seine Kreise. Kommt irgendwann mit Filzstiften und geht an den verblassten Anker auf seinem Unterarm. Mascha beobachtet das vom Sofa aus, noch im Halbschlaf und murmelt rau:»Nimm alle Farben, Mücke. Regenbogen.« Zu hell, zu früh, der Tröster schnarcht, so fallen ihr die Augen wieder zu. Doch kaum ins Dunkel eingetaucht: ein Schlag, ein Schrei, im Glastisch ein Riss, das Mädchen weint. Sofort ist sie wach:»Raus!«

»Erschreckt hat die mich. Selber schuld. Wenn einer schläft!«

Der Tröster spannt sich halb in den Raum, noch schwer am Sessel abgestützt. Die Kleine, mit rotem Gesicht, drückt sich in die Tür. Die Stifte sind im Zimmer versprengt, nur einer ist noch stur in der Kinderhand geblieben.

»Raus!«, sie reißt den Tröster vom verdammten Sessel, wuchtet fast 100 Kilo Männermasse in die Luft. Er stößt sie von sich – der Stoß jedoch reißt auch eine Masse Wut in ihr herauf, reißt sie mit, bis sie sich selbst von oben sieht. Von dort fährt sie auf ihn nieder.

»Mama!«

Der Tröster ist stark. Wischt sie an die Wand. Doch ebenso schnell ist sie zurück und mit doppelter Wucht: »Raus!«

Bevor sie diesmal nach ihm langen kann, fängt er ihren Schwung ab, hält die Handgelenke fest.

»Mama! Mama!«

»Still!«, sagt er. Der anschwellende Kratzer in seinem Gesicht. Die Adern auf seiner Nase. Der Geruch seines Worts.

»Ist gut, Mücke, ist gut«, bringt sie heraus.

Kein Ton mehr von der Kleinen. Als auch sie selbst ruhiger atmet, lässt der Tröster von ihr ab. Sammelt die Zigarettenschachtel vom Boden auf, klaubt die Schlüssel aus der Polsterritze und geht. Er weiß, wann genug ist.

»Hat er dich erwischt?«

Das Mädchen schüttelt den Kopf und schmiegt sich an sie.

»Das darf er nicht. Das darf niemand, hörst du?«

Wenn der Tröster nun kommt, bleibt das Mädchen im Kinderzimmer. Er stellt ihr einen Teddy vor die Tür, aber ihre Tochter pinkelt lieber in den Legoeimer, als noch einmal herauszukommen, wenn sie ihn nebenan weiß. »Da hat sie doch auch recht«, sagt Mascha dem Tröster, als sie im Wohnzimmer das rosa Mal auf seiner Wange küsst.

Enders
Raster

»Kann ich Ihnen helfen?«

Enders antwortet nicht gern. Er hat gelernt, dass die meisten Fragen nur Raster sind, in die sich die Antwort zu fügen hat. Besonders eine wie diese, die mit einem Angebot von Hilfe nichts zu tun hat – und er braucht weder Hilfe noch will er sie – sondern herausfinden soll: »Wie bringe ich Sie dazu, möglichst schnell wieder zu gehen?«

Er winkt ab. Die Frau mit der Frage und der sehr gebügelten Kleidung nickt unentschlossen, geht ein paar Schritte an ihm vorbei. Der Autoschlüssel klimpert in ihrer Hand. Sie stellt sich bei den Fahrradständern unter, zückt das Handy, als würde ihr etwas Dringendes einfallen – genau dort, wo man ihn zufällig gut im Blick hat. An so etwas ist er gewöhnt. Die ersten Kindertrauben speit es vom Schulgebäude in den Regen. Er lehnt sich an das Schultor.

Was, wenn ihn jemand fragen würde, warum er hier ist – der Antwort wegen und nicht, um ihn schnellstmöglich wegzuschicken? Enders zieht die Schultern hoch. Er muss an seine Mutter denken, die vor fünfunddreißig Jahren trotz fieberglänzender Stirn mit dem Rad ins Nachbardorf zum Hähnchenmann fuhr, weil der Vater ihm zum Geburtstag Brathähnchen versprochen hat. An ihren Blick, als er, elf Jahre später, gerade erwachsen, den gepackten Koffer auf das alte Rad hievt, um damit in die Welt zu fahren – daran, dass sie sich wegdreht, damit er sie nicht weinen sieht. An Postkarten an der Zellenwand knapp 600 Kilometer von seinem Heimatort entfernt, in die ihn die Reise durch die Welt gebracht hat; den einen Brief von seinem Vater unter dem Kopfkissen, die vierzehn der Mutter in der Schachtel auf dem Regalbrett. Er denkt an seine Mutter, die ihn erwartet, als er rauskommt. Daran, dass sein Freund Emre auf seine Hündin aufgepasst hat. Dass seine Rosi eine weiße Schnauze bekommen hat, aber sich vor Freude im Kreis dreht, bis sie kotzt, als er sie abholt. An den Moment, in dem er der Hündin einen letzten Stock wirft, um sich zu verabschieden, weil ihn Emre und seine Frau nicht so lange bei sich wohnen lassen können, aber Emres Junge das Tier so liebgewonnen hat. Daran, dass Grunja ihm ein Zimmer verschafft hat und ihn immer noch anschreiben lässt, obwohl es Anschreibenlassen nicht mehr gibt. Dass Mascha »Schon gut« sagt, obwohl da ein Riss im Glastisch bleibt. Wie er einen Stoffbären mit Plastikaugen vor die Tür der Kleinen setzt und wünscht, es wäre ein Welpe. Daran, wie er im Nachmittagsgrau hier wartet, mit dem Geschmack von Magensäure im Mund, obwohl sein Gesicht schmerzt und ihn der Druck im Schädel langsam macht. Weil ihn Mascha darum gebeten hat.

Das Mädchen bleibt im Hof stehen, als es ihn entdeckt, sondert sich von der Gruppe Kinder ab, kommt zögerlich auf ihn zu.

»Ich hol dich heute ab, Kleene.«

»Ist das dein Papa?« Ein Junge in neongrüner Jacke mustert ihn von oben bis unten. Diese Fragen. Die Kleine schüttelt den Kopf.

»Aber du kennst den?«

Sie zuckt mit den Schultern, nickt. Enders merkt, dass der Junge in der grünen Jacke stehen bleiben möchte, doch die Kindertraube bewegt sich weiter, ruft nach ihm. Der Junge wägt ab, winkt, dreht ab – die Kleine ist merklich erleichtert.

»Na komm, ich bring dich heim.«

»Wo ist Mama?«

Enders verzieht den Mund: »Verspätet sich. Muss was Wichtiges erledigen.«

»Und wenn ich nicht mitgehe?«

»Dann müssen wir beide im Regen warten. Die Schule macht bald zu. Ich hab den Schlüssel für die Wohnung. Auf, wir bringen dich ins Trockene.«

»Wenn ich einfach renne?«

»Dann muss ich wohl auch rennen. Wäre aber leichter für dich, wenn du mir vorher den Ranzen gibst.«

»Ich kann auch zum Hort. Da warten die anderen auch. Meine Freundin geht da hin. Jasmin.«

»Das geht nicht, Kleene.«

»Das geht. Ich hab eigenes Geld. Ich zahl den Hort auch selbst.«

»Das geht wirklich nicht.«

»Aber Mama kommt heute noch?«

Er nickt.

Der Schulhof leert sich. Der Regen kriecht langsam durch die Nähte seiner dünnen Jacke. Die Kleine im Regencape ist besser ausgestattet, trotzdem lecken schon die Strähnen an ihrer Stirn.

Geduld. Nach einer Weile schmeißt sie den Ranzen von sich, kaum einen Meter weit, und stapft an ihm vorbei. Enders atmet einmal schwer durch, geht die paar Schritte, um den Ranzen aufzuheben, braucht dafür zwei Versuche. Das Mädchen beobachtet ihn genau, diesmal von der anderen Seite des Schultors. Bei den Fahrradständern packt die Frau mit den gebügelten Sachen ihr Handy weg und verschwindet in Richtung Parkplatz. Als Enders zu der Kleinen aufholt, dreht die sich weg, reibt sich mit dem Jackenärmel Nase und Augen – aber kommt mit ihm mit.

»Sollen wir beim Hähnchenmann vorbei?«

Mascha
Amt

Was machen wir mit der jungen Heerdmann?
Zeig mal die Akte, du meintest Heerdmann?
Schwer zu vermitteln, die gute Heerdmann,
ganz schwierige Sache.

Das Amt, das Amt: salbungsvolle Flure, verheißungsvolle
Flure, ach, das Montagmorgenlächeln der Wartenden! Ge-
reckt, geradegerückt und die Nummer gezückt, geht Mascha erhobenen Hauptes den Weg, den ihre Füße längst
auswendig kennen. Ihre Patrouille. Die Stehcomputer im
Eingangsbereich, an denen unter Aufsicht Bewerbungen
getippt werden sollen. Frau Lauch am Empfang, »Einen
herrlichen Morgen, Frau Lauch!«, die die Aufsicht führt,
die zwar freundliche Augen hat, aber der Mascha schon
einmal einen lauwarmen Becher Automatenkaffee ins Gesicht schütten musste, als sie keinen anderen Ausweg fand.
Der neue Laminatboden, wo früher ehrlicher, fleckiger
Teppich war. Die Fenster, die sich in den höheren Stock-
werken nicht öffnen lassen. Die zwölf blassgelben Türen,
darunter ihre, F bis H, dahinter Frau Huhn. Alles in Ordnung, alles wie immer. Der ihr angebotene Platz auf dem
Plastikstuhl.

Maßnahmen verweigern und das als Mutter?

Hat sogar nen Abschluss und trotzdem: Mutter.

Das Problem ist die Betreuung, ich sags doch, Mutter.

Wie wärs mit der Pflege?

»Verstehen Sie: Wenn es sich um ein Schulkind handelt, bleibt uns wenig Spielraum.«

»Ich verstehe sehr gut, was Sie mir sagen wollen. Ich verstehe nur nicht, was das an meiner Situation ändern soll.«

»Ich möchte mit Ihnen zusammenarbeiten – aber Sie müssen uns hier entgegenkommen. Wie kann ich Ihnen dabei helfen?«

»Was?«

»Ich meine, wenn Sie jetzt die Anforderungen für diese spezielle Fortbildung nicht erfüllen, heißt das nicht, dass Sie sich nicht anderweitig weiterbilden können. Vielleicht auch zu einem anderen Zeitpunkt. Ich weiß, das ist nicht einfach, aber wenn Sie dranbleiben –«

»Einen Dreck wissen Sie.«

»Hören Sie. Ich verstehe, dass Sie frustriert sind. Und wünschte wirklich, wir könnten Ihnen einen Betreuungsplatz stellen. Die Kollegen vom Jugendamt können vielleicht – war da nicht ein Termin?«

»Tut mir leid, ich hatte keine Betreuung. Schulferien.«

»Nun, das ist nicht mein Bereich, aber – Sie sollten diese Termine wirklich ernst nehmen. Ich meine es gut mit Ihnen.«

»Und das zeigen Sie, indem Sie mir Leistungen kürzen?«

»Glauben Sie mir, ich mache das nicht freiwillig.«

»Machen Sie irgendwas freiwillig?«

»Hier: Wir haben da etwas für Sie. Die Einrichtung umfasst betreutes Wohnen und klassische Pflege für Senioren. Ein besonderes Haus. Da ist beiderseitig Flexibilität möglich. Schauen Sie sich das an, es könnte etwas für den Übergang sein, um Sie erst einmal wieder einzugliedern – danach haben wir es leichter. Was Fortbildungen angeht, können wir gern weiter gemeinsam die Augen offen halten. Wenn Sie mir jetzt auch nachweisen, dass Sie sich bewerben, dürfen wir Ihnen auch wieder die volle Leistung zukommen lassen.«

Die Eschenallee sucht Arbeitskräfte,
fleißige, flexible Arbeitskräfte,
günstige und schlichte Arbeitskräfte –
es bleibt kaum eine lange.

Das Amt, tja, das Amt. Mascha merkt, wie ihre Schritte schwerer werden, streckt sich doppelt in die Höhe. Bewegt sich auf dem Flur hin und her, auf dass einer der Stehcomputer freiwerde und ihr eine andere Verheißung als Frau Huhn gebe. Als ihr das zu lange wird, stellt sie sich dicht hinter so einen Fadenknochen, der vor dem Bildschirm hängt; atmet ihm in den Nacken, bis er kuscht. Da tippt sie und klickt und tippt, tipptipptippt, tippt –, tippt – und versucht sich passend zu sehen, auf Straßen, die asphaltiert werden müssen. Sich möglich zu sehen neben Gummibäumen und Druckerpapier. Fragt sich, wie sehr man die Schultern einziehen muss, um in ein Kassenhaus zu passen. Am Ende schreibt sie die Bewerbung, die ihr auferlegt wurde. Die, die die Rechnung mit der dritten Mahnung bezahlt und bald auch neue Turnschuhe für die Kleine. Danach will sie den Ort nur noch schnell verlassen, um zu retten, was von ihr übrig ist. »Auf Wiedersehen, Frau Heerdmann«, ruft ihr die Lauch am Empfang hinterher, »bis zum nächsten Mal!«

Auf der Straße vor dem Amt steigt ihr Metallgeschmack vom Mund in die Nase. So kann sie nicht wieder in die Wohnung. Sie ruft den Tröster an. Jemand muss eine Weile auf das Mädchen aufpassen; sie weiß sich nicht anders zu helfen.

Hurra, sie wird vermittelt!
Hurra, sie wird vermittelt!
Hurra, sie wird vermittelt,
so früh auch im Quartal noch.

Tinka
Käferin

14 ist die magische Zahl, an einem 14. hat Tinka Geburtstag, ihre Glückszahl, und wenn sie bis 14 zählt und fest darum bittet, dann passiert etwas Gutes, das weiß sie, dann kommt zum Beispiel Mama wieder nach Hause. 12, 13, 14 – nichts. Noch mal: 2, 3, 4. Sie legt das Ohr an die Tür, leise jetzt, nicht rascheln. Drüben der Fernseher, sein Schnarchen, 7, 8, Tinka macht sogar ihr Zimmerlicht aus, um noch leiser zu werden, 13, 14 – und keine Schritte auf der Treppe, kein Knacken der Wohnungstür, nichts.

Vielleicht so: fester bitten, selbst gehen. Sich trauen und einfach machen. Wenn es bis zu den nächsten 14 ruhig bleibt, wenn er einfach weiter schnarcht, 1, 2, ganz gleichmäßig, dann schläft er tief genug und sie kann vorbei. Ihr Plan: Der Schlüssel liegt auf dem Glastisch, das hat sie gesehen und sich gemerkt. Den kann sie sich schnappen und dann raus, 6, 7, schnell wie ein Wiesel, mutig, dass Mama stolz ist, 9, 10, könnte sie sie dabei sehen, nichts wie raus dann und nach ihr suchen. 13, 14 – los. Tinka schlüpft ins Wohnmamazimmer, macht die Füße ganz leicht. Sie hält die Luft an, als sie den Schlüssel greift. Er schläft tief, zum Glück. Erst im Flur erinnert sie sich ans Weiteratmen. So laut! Wie laut ihr Atem aus ihr rauskommt. Nebenan im Bad an der Tür hängt Mamas roter Bademantel. Sie kippt die Wäschetonne, klettert hoch und bekommt ihn vom Haken – wie schwer er ist – und ihr fällt auf, dass sie noch Hausschuhe anhat, aber die mit den festen Sohlen, das ist okay, zur Tür raus also, raus. Zu. Runter und auf die Straße, wo es nach Autos riecht und Döner, wo es bald dunkel wird und schon die Straßenlaternen und bunt die Schilder leuchten. Der Bademantel riecht nach Mama, reicht bis zum Boden – sie muss ihn heben. In den Hof darf sie und vor bis zur Ecke, hinten bis zum Tedi und um den Block, das sind die Regeln, deshalb geht sie um den Block und bis zum Tedi und bis zur Ecke und zurück in den Hof und darin umher. Die kaputten Fahrräder, an denen man sich wehtun kann. Der Stapel leerer Kartons, eingeweicht und zusammengefallen. Auf den grauen Tonnen, oh, da krabbelt ein Marienkäfer, wie schön und wie glatt er ist, wie glatt das Laternenlicht auf dem roten Panzer, eine Sie bestimmt, eine Käferin und die Punkte, 3, 4, 5, solange sie die Punkte nicht genau zählt, könnten es 14 sein. Tinka nimmt die Käferin auf die Hand, flüstert: »Ich pass auf dich auf«, und es kitzelt über ihre Finger. Am Boden beim Schuppen entdeckt sie eine Pfütze, darin kräuselt sich das Laternenlicht. Aus der Tonne zieht sie ein leeres Glas mit grünem Etikett, das sauer riecht, aber noch okay, das wird das Käferhaus. Sie setzt die Käferin hinein und beobachtet, wie sie innen die Wand entlanggeht. Dann stülpt Tinka das Glas mit offenem Deckel über die Pfütze: »Ich pass auf dich auf, aber schwimmen lernen musst du.« Die Käferin krabbelt nach oben, weg vom Wasser – das versteht Tinka, auch sie war einmal wasserscheu. Erst muss sie ihr Zeit lassen – aber nicht ewig – dann aber rein mit ihr, zur Not reinschütteln. Wasser ist nicht giftig und sie ist ja dabei, da wird nichts passieren. Bis sie schütteln wird, geht Tinka noch einmal vor bis zur Ecke. Der Bademantel ist unten nass und dunkel geworden, schlägt ihr kalt um die Knöchel, noch einmal zum Tedi, und wirklich, da hinten! Sie erkennt Mama am Gang – wie groß und schön sie ist. Erkennt am Gang, dass Mama heute wieder langsam ist: weite Schritte und die Schultern so. Sie erkennt, dass es Umarmungen gibt, wenn sie es richtig anstellt. Sieht schon von fern, dass sie heute aufpassen muss, sonst wird Mama still und sagt gar nichts oder nur, dass sie bitte ein einziges Mal ihre Ruhe haben will und wird streng, wenn Tinka sie dann nicht ein einziges Mal in Ruhe lässt. Man muss auf ihr Gesicht achten und vorsichtig sein, man muss am besten auch nicht auf der Straße in Hausschuhen und dem Bademantel – Tinka rennt zurück zum Haus, bevor Mama sie sieht, hofft sie. Es wummert in der Brust, 2, 3, 4, sie dreht den Schlüssel, so schnell sie kann, 5, 6, 7, rennt die Treppe bis zum zweiten Stock, dann wieder mit leichten, 10, 11, ganz leisen Füßen bis hoch zur Tür und zurück in die Wohnung.

»Kleene?«

»Ja?«

»Wo warst du?«

»Mama kommt gleich.«

»Gut, gut.«

Enders
Reisen

Enders kennt das: Vom Amt kommt man nur in einem Zustand zurück. Jeder anders, aber keiner normal, erst recht keiner glücklich. Mascha liegt auf dem Sofa, den Blick zur Decke gerichtet. Als sie nach Hause gekommen ist, hat sie die Kleine in den Arm genommen, ihm über die Kinderschulter matt zugelächelt und sich hingelegt, ohne groß etwas zu sagen. Das Mädchen ist nach einer Weile zurück ins Kinderzimmer, er ist hier im Wohnzimmer bei Mascha sitzen geblieben. Was das Amt mit einem macht. Früher einmal hat er sich nach den Terminen den Mund auswaschen müssen – Strohrum, Weinbrand, Hauptsache schnell und mit Biss – um den Geschmack des Flehens und Schimpfens wieder loszuwerden. Bis ihm das Amt den Magen ruiniert hat.

Mascha lässt ihm seinen Lieblingsplatz im Sessel, von wo er beide Türen und das Fenster im Blick haben kann, hier ist er ruhig. Er hat den Fernseher stumm geschaltet und beobachtet, wie das bläuliche Licht über ihr Gesicht flirrt. Ihre Haut sieht so glatt aus, trotz der feinen Narbe, die sich von der Schläfe bis zum Kiefer zieht, weich. Er reibt sich den Nacken, die Knie. Ihm fällt der Schmutz unter seinen Fingernägeln auf, und er greift sich ein Prospekt vom Wohnzimmertisch, um sie mit einer Ecke des Papiers sauber zu schaben.

Nach seinem letzten Termin beim Amt – das muss vor über einem halben Jahr gewesen sein – hatte er es mit Bier versucht. Die Bitterkeit hat gutgetan, aber es wirkte zu langsam, um zu helfen. Nach dem dritten hat er aufgehört, bevor er wütend wurde auf alles. Ist raus an den Stadtrand gegangen, zu den Gärten, an den Vereinsheimen entlang hin zum Waldrand, immer weiter, bis in die Nacht – ist gegangen, bis seine Muskeln brannten und er Rast machen musste, weil es der Wind war, der ihn gebissen hat. Erst wollte er auf einem Hochsitz bleiben, aber die Kälte trieb ihn bald wieder hinunter und ließ ihn weitergehen. Nach einer Weile stieß er auf eine Art Höhle, eine Ausbuchtung hinter einem niedrigen Felsspalt, gerade groß genug für ihn. Es roch nach Erde, war trocken und windgeschützt genug. Der Ort schien eine Sehenswürdigkeit für Wanderer zu sein, ein Messingschild, das er nicht richtig lesen konnte, hatte etwas dazu zu sagen. Hätte ihn hier nur ein wildes Tier, ein Wildschwein, Luchs oder Wolf erwischt, er wäre erleichtert gewesen.

Kaum hatte er sich niedergelassen, döste er, an die schräge Felswand gelehnt, weg. Ein paar Stunden müssen es gewesen sein. Schwere Träume durchsickerten ihn hier: Ihm war, als gäbe es tief unter ihm Bewegung, Schaben und Klopfen und Schaben, das er in der Magengrube spürte. Als er im Morgengrauen fröstelnd hochschreckte, ließ sich das Gefühl kaum vertreiben. Erst als Enders eine gute halbe Stunde weitergezogen war und an einem kleinen Brunnen eiskaltes Wasser getrunken hatte, fühlte er sich einigermaßen wach. Den Wald ließ er hinter sich, ging die Felder entlang bis zum Dorf, dann bis zum nächsten, übernächsten, weiter in den Abend. Als er nicht mehr konnte, blieb er zwei Stunden an einer Bushaltestelle sitzen, bis ein Bus in die richtige Richtung kam. Enders zeigte dem Busfahrer ein altes Ticket für eine andere Strecke. Der Busfahrer bemerkte das, Enders erkannte es am Blick, aber nickte ihn trotzdem durch. Zu einem anderen Zeitpunkt wäre er nicht eingestiegen, wenn man ihn so anguckte, Almosen hat er nie genommen, diesmal aber war er zu müde. Er ließ sich auf ein Sitzpolster fallen. Niemand, der zustieg, setzte sich in seine Nähe. Zurück in seiner Straße war er dankbar, sich kurz vor Ladenschluss beim Metzger vom letzten Kleingeld ein Eisbein kaufen zu können, geschwiegen zu haben und in seiner kleinen Wohnung, die er damals noch hatte, schlafen zu können. Tief genug, dass er bis zum Morgen den Zustand, in den ihn das Amt gebracht hatte, vergessen hatte. Zwei Tage und alle Kraft hatte er gebraucht, bis er ihn loswerden konnte. Wenn aber so ein Kind auf einen wartet?

»Die Kleene hat gegessen«, sagt Enders leise.

Mascha nickt.

»Hast du Hunger?«

Mascha zuckt mit den Schultern.

»Ich bring dir was?«

Mascha schüttelt den Kopf, schließt die Augen.

Enders lehnt sich im Sessel zurück. »Auf dem Schiff«, fängt er an zu erzählen, weil er weiß, dass Mascha diese Geschichten mag. Überbleibsel von etwas, das er als Zwanzigjähriger zusammengelebt hat, als ihm das Amt noch kein Begriff war. Geschichten, die wenig mit dem zu tun haben, was er ihr heute in dieses Wohnzimmer bringen kann.

»Auf dem Schiff haben die Urlauber oft das halbe Essen stehenlassen, halbe Flaschen Champagner. Weil ihnen schlecht war, was weiß ich. Wir hätten das wegkippen müssen, haben aber oft hinten vorm Spülen genascht. Datteln im Speckmantel, Kaviar. So was gab es für uns Fußvolk natürlich nicht. Uns hat man Reis gekocht, mit irgendwas, das weg musste. Manche der Kollegen waren sich zu fein für die Reste, vielleicht auch zu feige – Harry und mir war das aber egal. Wenn wir die Chance hatten, Kaviar zu essen, haben wir die genutzt. Dabei hat das nicht mal richtig geschmeckt: salzig, fischig, so Wunzgummikörner – braucht kein Mensch. Aber wir konnten nach Hause schreiben, dass es Kaviar und Champagner gab.«

»Enders?«

Er wartet darauf, dass sie ihn wieder nach den Stürmen auf See fragt, danach, wie das Meer nach einem Gewitter riecht. Ob er weiß, wie es aussieht, wenn jemand ertrinkt.

»Danke für heute«, ihre Stimme klingt belegt.

»Ist ja nichts.«

»Kannst du leise sein?«

»Ja.«

Da ist keine Regung in ihrem Gesicht, auch nicht, als er zögerlich seine Hand auf ihr Schienbein legt.

»Kannst du auch leise atmen?«, fragt sie.

Also atmet er einmal schwer durch. Zeit zu gehen.

Nachtlieder I

»Mama, singst du mir ein Lied?«

»Jetzt nicht, Mücke.«

»Bitte. Ein Gutenachtlied.«

»Ich kann nicht singen.«

»Doch, du kannst!«

»Sing du, Mücke.«

»Du musst singen. Die Mutter muss singen.«

»Ich kenne keins, Mücke, und bin sehr müde.«

»Bitte. Wenn du nicht singst, kann ich nicht schlafen. Bitte.«

»Der Tröster kann singen.«

»Glaub ich nicht.«

»Frag ihn, wenn er wiederkommt.«

»Wann kommt er?«

»Ich weiß nicht. Wenn wir nicht mehr müde sind.«

»Singst du mir ein Lied, bitte?«

»Ich kenne keins.«

»Irgendeins. Als du Kind warst, hast du Gutenachtlieder bekommen?«

»Versprichst du mir, dann zu schlafen?«

»Versprochen.«

»Maikäfer flieg,
die Mutter ist im Krieg,
der Vater ist in Pommerland,

Pommerland ist abgebrannt,
Maikäfer flieg.«

»Mama?«
    »Schlaf, Mücke.«
    »Okay.«

Mascha
Rand

Drei Tage liegen. Am vierten liegt man sich den Rücken krumm – also hat Mascha sich geweckt, gehievt und gestreckt, der Tochter, die sich auf dem Sofa an ihren Bauch geschmiegt hat, die Nase geküsst, sich ein Bad eingelassen und die Post geöffnet. Das Mädchen muss zurück in die Schule. Sie raus an den Stadtrand: Bewerbung bei der Pflege, wie es das Amt von ihr verlangt. Und was sind schon viereinhalb Kilometer am Monatsende? Was zweimal zwei siebzig sind, weiß sie: zweimal zwei Mahlzeiten für sie beide – Butternudeln mit Salz, Toast mit Marmelade – oder eben Busfahrkarten. Bis zum Ersten hat sie noch elf und ein bisschen Geklimper. »Anlage zum Antrag auf Fahrkostenerstattung« würde von der Huhn kommen. Allein vom Gedanken daran möchte Mascha brechen. Dann lässt sie ihre Füße eben neun Kilometer Straße fressen, hin und zurück – im Bus hat noch nie irgendwer was gerissen.

Bewerbung, die heilige Pflicht, damit auch die letzte Monatswoche noch Toast und Marmelade bringt. Was die am Stadtrand von ihr erwarten? Die Tabelle ihres Lebenslaufs enthält ein Abitur, wenn auch gerade so bestanden. Das Jahr danach erwähnt sie nicht. Dann das halbe, in das sie so hineingeraten ist und das sich freiwillig und sozial nennt. Wie Frau Huhn im Triumph gelächelt hat, als sie aus eben diesem Jahr Zeit im Pflegeheim herauslesen konnte. Und sie selbst hat das auch noch abgeschickt! Guten Tag, denkt sie, Mascha Heerdmann mein Name, ich kann einen Umzug von einer Zweieinhalb- in eine Zweizimmerwohnung, allein mit Kind, quer durch die Stadt, mit nur einem Penny-Einkaufswagen möglich machen. Ich, denkt sie, kann Feuer machen, egal ob Kohle, Öl oder feuchter Pressspan brennen muss. Kann im Sommer drei Stunden im kalten See schwimmen ohne Pause – und wenn danach jemand zum Tanzen ruft, grinse ich was mit blauen Lippen hin und tanze noch die ganze Nacht. Mit jedem Schritt die Landstraße entlang scheuern ihr die albern glänzenden Schuhe, die sie nie einlaufen wollte, die Füße wund. Sie tritt in Schlamm, gegen die Leitplanke, zertritt jedes dummfreche Gewächs, das ihr unterkommt, der Adresse entgegen, zu der man sie bestellt hat.

Der Vorladung haben sie ein Hochglanzprospekt beigefügt: Eschenallee 2a bis 4, Wohnen im Grünen, naturnah und ruhig. Ein altes Kasernengelände, kernsaniert, umgebaut. Beschrieben in leicht verschwommener Schrift, dazu Bilder in übersatten Farben. 59 Einheiten à ein bis zweieinhalb Zimmer, schwellenfreier Eingangsbereich, Aufzug, breite Türen. In den Bädern Duschen mit ebenem Einstieg, vier Einheiten teilen sich eine Gemeinschaftsküche mit leicht zu bedienenden Elektrogeräten in Griffhöhe. Auf dem Dach Solarzellen, im Eingangsbereich ein 3.000-Liter-Aquarium mit preisgekrönter Guppykolonie, im Wintergarten eine Sukkulentensammlung – zur »Anregung« der Bewohnerinnen und Bewohner.

An der letzten Bushaltestelle vor ihrem Ziel muss sie noch eine Viertelstunde weitergehen, am Straßenrand entlang. Rechts ein Tennisplatz und Schrebergärten, links Felder, in der Ferne der Wald. Man kommt hier nicht zufällig vorbei. Die Straße führt einen Hügel hinauf, den sie sich hochplagen muss. Hügelabwärts ihr Ziel: Was sich hinter den Bildern des Prospekts verbirgt, liegt glanzlos und glatt vor ihr im Nebel. Ein Wohnkomplex, umzogen von einer hellgelben Mauer. Davor Parkbuchten und Hecken. Ein gusseisernes Tor am Ende der Auffahrt versperrt den Haupteingang, davor steht ein Taxi. Maschas Schritte verlangsamen sich. Es steigt ihr flau in die Kehle.

Aus einer der Parkbuchten schert ein Kleinwagen aus und fährt auf die Straße. Als er Mascha entgegenkommt, will sie sehen, wer darin sitzt, welche Menschen von hier fortfahren. Es dauert, bis sie es erkennen kann: Ein Mann allein, im Hemd, mit gekämmten Haaren – der schwach, aber stetig die Lippen bewegt. Er scheint mit sich selbst zu reden.

Wir fahren sie zu Residenzen,
sie sind nicht allein im Haus.
An den Fenstern gibt es warme Plätze
und mancher sieht glücklich aus.
Habts gut, liebe Eltern, habts gut, habts gut.
Bis dann, bis nächste Woche, bis dann, bis dann.

Der Wagen fährt an ihr vorbei, verschwindet hinter dem Hügel. Mascha sieht ihm noch nach, hält sich davon ab, stehen zu bleiben. Abdrehen möchte sie, quer über die Felder davonpreschen – aber reißt sich zusammen, geht weiter.

Was soll so ein Ort auch weiter mit ihr zu tun haben? Nicht stehen bleiben. Ein Termin nur, nicht zögern.

An der Motorhaube des Taxis vor dem Tor lehnt der Fahrer mit Vollbart und Leopardenpullover. Er zündet sich eine Zigarette an. Die Fahrertür steht offen, auch die hintere Wagentür. Eine strubbelige Frau in hellem Kittel beugt sich in die Kabine, spricht laut und angestrengt hinein. Neben ihr auf dem Bürgersteig steht eine Metallamphore auf Rädern, von der aus Schläuche in den Wagen führen.

»Wir machen uns nur Sorgen, Lore. All Ihre Sachen sind doch hier. Ihre Medizin. Und die Fischis vermissen Sie doch.«

Auf der Rückbank sitzt eine massige Alte, bestimmt Mitte achtzig, die einen hellblauen Anorak trägt – viel zu dick für das Wetter – und aussieht, als würde sie darin frieren. Die Schläuche der Metallflasche enden in ihrem Gesicht.

Ein guter Moment, um stehen zu bleiben.

Als der Taxifahrer ihr eine Zigarette hinhält, weiß Mascha schon, dass es sich lohnt. Sie zwinkert ihm zu, zündet die Zigarette an.

Eine kleine, bebrillte Frau im Jackett kommt ihnen vom Gebäude entgegen, öffnet mit einer Plastikkarte das Tor, schließt es sorgfältig hinter sich und bleibt vor ihnen stehen. Sie mustert die Runde, vor allem den Hintern der Pflegerin, der sich aus dem Wagen stülpt. Vom Mustern allein dreht der sich aber nicht um, so räuspert die Bebrillte sich: »Bitte. Wo ist das Problem?«

Der Taxifahrer ist es, der sich zurückräuspert, schmunzelt: »Nun ja. Die beiden hier im Wagen haben ein Taxi zum Flughafen bestellt. Hab sie hingebracht, sogar noch mit der Flasche durch die Halle geholfen. Ich bin zurück, reihe mich mit meinem Wagen bei der Abfahrt ein – da sehe ich die beiden wiederkommen. Waren vielleicht zehn Minuten. Sicherheitshalber geh ich hin, frage, was los ist: Die beiden möchten wieder mit. Der Herr will, dass ich ihn über den halben Kontinent fahre, die Dame widerspricht und möchte lieber nach Hause, nennt mir aber keine Adresse. Hier also sind wir wieder.«

»Hab ich Ihnen die Adresse genannt.«

Erst jetzt fällt Mascha auf, dass sich da ein schmaler Mann neben die Alte im Anorak auf die Rückbank geknittert hat. Ist er auch schon hundertachtzig?

»Na ja, ich hab keine Zahnbürste bei. Ausland mach ich nur mit Voranmeldung«, antwortet der Fahrer. In Richtung der Geraden und etwas gedämpft fügt er hinzu: »Und die Kosten für die Rückfahrt, vierundsiebzig Euro – die beiden scheinen nicht genug Bargeld bei sich zu haben.«

Die Bebrillte seufzt, nickt und zählt aus ihrer Börse Geld für den Fahrer ab: »Danke für die Mühen und die Geduld.« Zuckt nicht mal beim Scheineblättern. Dann gibt sie der strubbeligen Pflegerin mit einer Berührung an der Schulter zu verstehen, zur Seite zu gehen. »Frau Windner, Herr Tomsonov – so spontan eine Reise?«

»Geht Sie nichts an«, antwortet der schmale Mann.

»Bitte, das ist Ihre Privatangelegenheit, sicher. Bei Reiseplanungen können wir Sie unterstützen. Möchten Sie mir nicht doch drinnen bei einem Kaffee davon erzählen?«

Die Alte im Anorak schüttelt immerzu den Kopf, lässt dabei die Nackenlehne nicht aus den Augen.

Ein genervtes Schnaufen kommt von der strubbeligen Pflegerin: »Sie steigen nicht aus. Frau Windner hat heute früh ihre Medizin nicht bekommen, spätestens heute Abend haben wir ein Problem. Ich zerre hier niemanden heraus, schon gar nicht allein. Sie wissen, wie gern ich das alles für die Bewohner tue, nur – eigentlich habe ich auch seit elf schon Feierabend.«

Die Bebrillte im Jackett richtet sich auf, blickt der Pflegerin ungewöhnlich lang ins Gesicht: »Das weiß ich zu schätzen. Die Zeit rechnen Sie sich an. Wir haben das im Griff. Bitte, gehen Sie in Ihren Feierabend.«

Die Pflegerin druckst: »Okay. Okay, gut, danke«, bleibt aber stehen und guckt zwischen dem Fahrer und den Alten hin und her.

Noch bevor Mascha die Nase hier weiter reinstecken muss, riecht es schon schal. Hier bleibt sie nur für die Unterschrift. Sie stapft ihre Zigarette aus und klingelt am Tor.

»Die Pforte ist leider gerade nicht besetzt. Wir sind gleich bei Ihnen«, ruft die Bebrillte im Jackett zu ihr rüber, wendet sich dann aber gleich wieder der Kabine zu und raunt den Alten zu, dass sie sie »erst einmal wieder hinein begleiten« würde.

»Geh ich nirgendwohin«, kommt vom schmalen Mann auf der Rückbank.

Die Pflegerin verzieht den Mund: »Das geht so nicht. Wir müssen die Verwandten verständigen.«

»Bitte. Sie haben Feierabend«, antwortet die Bebrillte knapp.

Mascha dreht sich um, fügt sich wieder in die Runde der Herumstehenden ein: »Die gehören hier hin?«, fragt sie, obwohl sie sich die Antwort denken kann, und nickt in Richtung Rückbank.

Der Taxifahrer zuckt mit den Schultern: »Wohnen hier. Wollen nicht aussteigen.«

»Und warum wollen sie nicht?«

Der Taxifahrer zuckt noch einmal mit den Schultern und zieht an seiner Zigarette. Die Pflegerin setzt zu etwas an, aber der schmale Mann auf der Rückbank kommt ihr zuvor: »Geht Sie nichts an!«

Die Frau im Anorak gibt dazwischen: »Meine Mutter. Ich will, dass meine Mutter mich abholt. Ich will, dass sie mich nach Hause holt.«

Und ausgerechnet dieser Satz zieht etwas in Maschas Bauchgegend zusammen, führt sie heran und hält sie fest. Einfach so antwortet sie: »Och. Och, Mücke«, schiebt sich an der Bebrillten und der Pflegerin vorbei und kniet neben der offenen Wagentür nieder.

»Dass meine Mutter mich abholt, schnell.«

»Och, Mücke, die Mutter brauchst du? Komm mit, wir bringen dich ins Warme, dann ruf ich die Mutter an.«

Mascha legt eine Hand auf die der Alten, hört, wie ein feiner Luftstrom durch die Schläuche geht, die an ihre Nase reichen – und die massige Frau mit der zahmen Stimme traut ihr, faltet sich in aller Langsamkeit aus dem Wagen hervor, stützt sich beim Aufstehen auf Maschas Arm und sagt mit dem Blick, dass sie bereit zu folgen ist.

Mascha fragt in die Runde: »Der Herr da ist immer so?«

Zur Antwort verschränkt die Strubbelige die Arme. Mascha fragt den Schmalen auf der Bank: »Was ist mit Ihnen? Können Sie sich selber abschnallen?«

»Ich geh nirgendwohin!«

So einen wie diesen Alten kann sie leiden. Widerstand und Rebellion.

»Okay. Darf ich mal?«

Schon gibt sie die Alte im Anorak an die Pflegerin ab und beugt sich über den Rücksitz. Sie frickelt den Anschnallmechanismus los, grinst beim Geruch des Weinbrands und zieht den Mann kurzerhand und kräftig aus dem Auto.

Der zetert: »Au! Verrat! Aua!«, und will schon ausholen, aber Mascha fängt seine Hand noch vor dem Flug und sagt bloß: »Jetzt aber. Komm mal mit, sonst bringen die dich ganz woanders hin!«

Der Alte wird so schnell still, dass sie stutzen muss.

»Und wer sind Sie?«, fragt die Pflegerin Mascha spitz.

»Ich bin hier zum Vorstellungsgespräch und eigentlich schon spät dran. Könnten wir mal hinmachen?«

Damit zieht Mascha den Schmalen zum Tor. Die Pflegerin seufzt, gibt die Alte im Anorak knapp an die Bebrillte weiter und macht sich auf in Richtung Parkbuchten.

»Na dann. Schönen Tag Ihnen allen noch.«

Die Bebrillte lächelt, streicht abwesend über die Hand der Alten an ihrem Arm – aber beobachtet weiter Mascha mit dem Schmalen am Tor. Den Fahrer verabschiedet sie, nimmt dann den Bügel an der Metallamphore und zieht sie hinter sich her zum Tor, das sie mit ihrer Plastikkarte wieder öffnet.

»Frau Heerdmann, ja? Sie sind bei mir richtig, mein Name ist Erika Bach. Schön, dass Sie es geschafft haben. Bringen wir doch Frau Windner und Herrn Tomsonov zu ihren Zimmern – wenn Sie möchten, dann machen wir weiter in meinem Büro.«

Ich bin hier also richtig, denkt Mascha und zieht den Schmalen kräftig, aber sanft genug im kleinen Bogen durch das Tor.

Tomsonov
Komm

Tomsonov sieht nicht mehr gut, im Licht hört er schlechter. Die uv-Folie am Fenster bringt einen Blauschimmer ins Zimmer, hilft aber kaum. Er hat eine Decke an den Fensterrahmen genagelt; man hat sie ihm wieder heruntergenommen: Kommt Schlaf, kommt Verrat. Auch Lore hat ihn verraten, gestern. Auf der Rolltreppe in der Flughafenhalle, wo das Licht die Luft durchdröhnt hat. Gestern? Als sie stehen geblieben ist, oben am Treppenabsatz, und die Stufen hinter ihnen weiterrollten, während er sein ganzes Körpergewicht von hinten in ihren Anorak gepresst hat: »Du kannst hier nicht bleiben. Weiter, komm, komm!« Letzte Woche. »Lies mir die Schilder! Keine Angst, Lore, Lori, auf – nicht stehen, liest du mir, sag ich dir, wohin.« Als Lore aber nicht las, nichts sagte, sich nirgendwohin bewegte, und Tomsonov im Rücken schon den ersten Fremden auf sie auffahren spürte: Ein Körper, der versuchte, sich Raum zu erschieben, ihn an die Seite und sich an den beiden vorbei zu pressen. Bloß nicht fallen – wer fällt, steht nicht mehr als der Gleiche auf. Treue Reflexe hatten ihm einen sicheren Stand geschenkt, hüftbreit, stark, wie einst im Bühnenlicht. Tomsonov fiel nicht. Damals? Stützte Lore. Hinter ihnen brach ein Schimpfen aus, Arme und Ellenbogen in die Nieren, in die Rippen – da packte jemand Lore von vorn, und Tomsonov stolperte. Seine Wange landete an Lores Rücken, der kühl war und weich wie ein Kissen.

Er kneift die Augen zusammen, beißt ohne Appetit von dem Brot ab, das sein Abendessen sein soll, trinkt einen Schluck des Ernegiegetränks, das ihm die neue Pflegerin besorgt hat. Ihm ist warm. Das Zimmer riecht nach Lores Anorak. Wie gut sein Körper doch in die Kuhle des Sessels passt – gefährlich ist das, zu bequem. Der Stuhl am Fenster? Zu hell. Bettkante? Zu nah an Kissen und Federdecke. Umständlich zieht er sich hoch, setzt sich auf die Sofalehne, zieht die Beine auf die Sitzfläche und tritt in der Kuhle herum. Damals. Einst war er wachsam, behende. Musste es sein, um Notizblätter und Langwellenempfänger im Sofapolster verschwinden zu lassen, still und schnell, sobald die falschen Schritte auf dem Flur zu hören waren. Heute die Schwere, mit der die Digitalanzeige des Weckers von der einen Minute zur nächsten stürzt. Die Schwere der Roggenbrotscheibe in seiner Hand.

Die Schwere, mit der es aus der gekippten Dose neben seine Schläfe tropft. Sein Körper flach auf dem Linoleumboden – und wieder liegt er, wie nur kam es dazu? Heute. Der Boden ist kühl, Krümel drücken sich in seine Wange, sein Atem rauscht unter das Bett. Jetzt erst blüht ein heißes Pochen in seiner Hüfte auf. Nicht am Boden bleiben, nie liegen bleiben, sonst vergisst der, der aufsteht, das Liegen nie mehr. Sonst denkt er noch im Stehen ans Liegen. Tomsonov stützt die Hände auf, sucht schon nach der Bewegung, mit der er den Schmerz in den Gelenken beim Hochdrücken zahm bekommt, hält inne – hört etwas, tief unten, weit draußen.

Doch, da ist etwas. Er legt sich wieder ab, lauscht. Damals als er mit dem Langwellenempfänger das Rauschen durchkämmte, auf der Suche nach verbotenen Melodien. Wie er sie auf Papier kritzelte, ohne zu wissen, wie man Noten schreibt. Nicht ins Damals hören, nicht jetzt. Heute scheppert Westmusik aus jedem Supermarkt. Nein, das hier sind keine Langwellen, das Geräusch kommt von hier, nur von weit draußen, tief unten.

Er hört die Alten des Wohnkomplexes warten, an den Fenstern, in der Sofalandschaft, auf den Bänken im Innenhof, hört sie schwer atmen, einander ihre Geschichten wiederholen. Wie sind sie nur alle hierhergekommen? Doch, das weiß er: »Nur übergangsweise, schau es dir an.« So wie er. Letzte Woche? Nicht jetzt. Bleib hier, Tomsonov, hör hin. Hör weiter raus. Elstern, die vor dem Fenster nisten – das ist es nicht. Diese Elstern: Motorengestotter in Gefieder gesteckt und Natur genannt. Der Natur solle man lauschen, heißt es, still sitzend auf einem Stuhl am Fenster, dabei lächeln wie eine Putte, friedlich, das sei richtig, das Schönste. Keine Zeit für die verfluchten Elstern.

Tief unten, weit draußen. Klopfen und Knirschen, Stoßen und Reiben: Es schlägt und schleift und schlägt. Langsam erkennt er einen Rhythmus. Langsam – wumm, wumm, wumm – fährt es ihm ins Mark, wie es ihm damals ins Mark gefahren ist: Deep Purple, Pink Floyd. Osterkonzerte auf dem Marktplatz für Flöte und Akkordeon, angepasst, sodass es nur die Eingeschworenen erkennen, aber lebendig, dass es alle mitgerissen hat. Immer aufmerksam musste er damals sein, auf die Gesichter im Publikum achten, besonders wenn jemand am Rand stand und streng blickte.

Wenn einer drohte zu viel zu erkennen, gab Tomsonov ein Zeichen – mehr Flöte!, damit die Blicke wieder weicher wurden. Ein Rhythmus: Tamm, tamm. Tamm, Tamm. Er kämpft sich hoch, stützt sich an der Sessellehne ab. Keine Zeit für den verfluchten Schmerz in den verfluchten Gelenken – da ist doch etwas. Wie soll er denn hier drin, in diesem Zimmer neben Elstern und Sofalandschaft auch nur irgendetwas mitbekommen? Er reißt die Tür auf, humpelt durch Gemeinschaftsraum und Flur, wo ihn das Licht in den Schädel sticht. Mit den Händen schirmt er die Augen ab, den Weg kennt er auch ohne hinzusehen. Nach unten, nach draußen. An der Pforte vorbei und an das Tor: Er rüttelt am Griff, doch wieder lässt es sich nicht öffnen.

Der neue Pförtner kommt und hält sein Klemmbrett wie ein Schild in der Hand. Tomsonov ruft:»Hab ich die Karte vergessen. Ich muss aber los: Da ist was, in der Stadt. Muss hin, habs eilig. Bitte, ein Taxi.«

»Herr Tomsonov, es wird spät. Heute fährt kein Taxi mehr. Haben Sie Ihren Schlüssel?«

Die Sonne steht schräg über der blassgelben Mauer.

»Was brauch ich die Schlüssel. Geben Sie mir ein neues Armband für das Tor.«

»Das kann ich leider nicht. Sie müssen das bei Frau Bach anmelden.«

»Ist das ein Gefängnis? Ich klingel später, wenn ich zurückkomme.«

»Die Pforte ist heute nur bis 19 Uhr besetzt. Also je nachdem, wann Sie kommen.«

»Lore – sie weiß Bescheid und macht mir auf, später.«

»Na ja. Was soll denn sein, in der Stadt?«

»Geht Sie nichts an.«

Der Pförtner schüttelt zögerlich den Kopf: »Gut. Machen wir es so: Gehen Sie hier doch noch eine Runde. So eine halbe Stunde. Wenn Sie wiederkommen, habe ich vielleicht doch ein Taxi erreicht.«

Verrat, er spürt es. Man wird ihm kein Taxi rufen. Er wischt dem Pförtner das Klemmbrett aus der Hand und dreht ab. Im Flur muss er stehen bleiben, seine Stirn gegen die kühle Wand lehnen, die Augen kurz nur wieder schließen. Er wünscht sich UV-Folie an jede Scheibe, um jede Glühbirne, um die Sonne schräg über der Mauer, auch wenn der Blauschimmer nicht hilft. Wünscht sich, er hätte Lore am Absatz der Rolltreppe stehen lassen und wäre weitergegangen, wünscht, er hätte sich durchgefragt, bis er im Flugzeug – da, da hört er es wieder: Klopfen und Schleifen und Klopfen. Tief unten, aber nicht von draußen. Es klingt ihm bis in den Kern. Aus dem Keller? Er muss hinab, um nachzusehen.

Tomsonov traut dem Fahrstuhl nicht, nimmt die Stufen. Unten im Treppenhaus erlischt das Licht. Er tastet nach dem Schalter, aber drückt ihn nicht, als er ihn findet. Die Dunkelheit tut ihm gut und ist seine Entscheidung. Die schwere Kellertür ist nicht abgeschlossen, sie führt zu einen Raum, in dem kaum genutzte Fahrräder warten. Dann ein leerer Flur, ein paar Lagerzellen, auf der einen Seite die Tür zur Heizanlage – abgeschlossen, das wundert ihn nicht. Auf der anderen eine Tür mit einem Vorhängeschloss. Dahinter müssen weitere Kellerräume liegen, der Komplex ist weit und groß. Hier war früher eine Kaserne, hat man ihm gesagt. Mit einem Vorhängeschloss wird man fertig. Die Richtung stimmt. Kommt es von dort? Nein, von tief unten, viel weiter unten, er ist sich sicher. Umständlich kniet er sich nieder, legt sich ab, presst die Wange auf den kalten, staubigen Boden. Was ist da? Fester Boden, altes Sandsteinfundament. Darunter, was? Erde, Abwasser? Wumm, wumm. So klingt kein Wasser. Er wird es finden. Und wenn er graben muss.

Tinka
Lügnerin

Es ist kalt im Zimmer, aber auf der Fensterscheibe sind Eisfedern gewachsen, die glitzern im Autolicht von der Straße. Tinka hat den dicken Nickianzug angezogen, zwei Paar Socken, sich das Ikea-Fell um die Schultern gewickelt und die Decke um die Hüfte. Es ist auch kalt im Wohnmamazimmer, kalt in der Küche. Im Bad lausekalt, obwohl es da die eine warme Stelle am Boden gibt, die auch Mama nicht erklären kann.

Mama ruft vom Flur. Sie bräuchten jetzt Platz, sagt sie, deshalb schieben sie die Kommode beiseite. Müssten erst mal das Blut wieder zurück in die Finger kriegen und wieder Rot in die Wangen. In der Wohnung darf man nicht hüpfen, nicht rennen und nicht trampeln, weil der Boden für die Nachbarn die Decke ist und die Nachbarn Angst bekommen, wenn es dann bollert und klopft. Aber weil es so kalt ist, macht Mama heute eine Ausnahme und sogar mit: Sie hüpfen hundert Mal in einer Minute, schütteln und zappeln und pusten sich warm. Dann klappen sie das Sofa flach, holen die Matratze und den Schreibtisch aus dem Kinderzimmer und die Kommode vom Flur, die Stühle aus der Küche, alle Decken und Handtücher und Jacken herbei, sogar den Silberpelz von Uroma, und bauen eine Höhle. Darin ist gerade

45

genug Platz für sie beide. Mama sitzt im Schneidersitz, mit dem Bademantel über dem Schlafanzug und bastelt aus dem Backblech, Blumentöpfen und Teelichtern einen Kerzenofen. Tinka hält ihr die Taschenlampe und beobachtet konzentriert, wie Mama die dicke Schraube, die sie vom Fensterbrett geborgt haben, durch die Topflöcher dreht.

»Mama, wie teuer ist neues Öl?«

»Das schaffen wir.«

»Können wir die Höhle immer behalten?«

»Mal sehen. Pass auf mit den Blumentöpfen, die werden gleich heiß. Keinen Stoff drankommen lassen.«

»Kannst du, wenn du fertig bist, auch mal die Taschenlampe? Ich muss noch Hausaufgaben machen.«

»Das fällt dir jetzt ein? Ich schreib dir eine Entschuldigung.«

»Nee. Jasmin sagt, ich hab nie Hausaufgaben.«

Mama blickt von den Blumentöpfen auf, ihr ins Gesicht: »Lass dir von Jasmin nichts sagen, sie weiß nicht genau Bescheid.«

»Sie ist meine Freundin.«

»Ich weiß, Mücke, trotzdem.«

»Weckst du mich morgen ganz früh? Ich mach die Aufgaben dann.«

»Morgen ist es auch noch kalt. Das müssen wir jetzt aushalten. Ich denk mir was aus.«

»Ich kann vor der Ersten in den Hort, ich mach die Aufgaben da.«

Mama macht Augenbrauen, die verraten, dass sie etwas nicht sagen will. Tinka erkennt, dass sie einen Ersatz sagt: »Weißt du was? Du kommst morgen mit. Auf die neue

Arbeit. Es ist warm, ruhig, und es gibt große Tische. Wir können auch dort essen – du kannst alle deine Aufgaben machen, während ich auf die alten Leute aufpasse. Übermorgen gehst du wieder in die Schule.«

»Aber dann hat die Lehrerin Mathe schon kontrolliert.«

»Du bist auch ohne Kontrolle schlau.«

Sie übernachten zusammen in der Höhle. Tinka lauscht Mamas gleichmäßigem Atem und genießt, wie nah sie beieinanderliegen. Sie versucht wachzubleiben, damit sie so lange wie möglich zuhören kann, aber hält viel zu kurz nur aus. Am nächsten Morgen hat sich Mama neben ihr halb aufgerichtet und sieht sie ernst an – und sie kann erkennen, dass sie sie schon lange so angesehen haben muss. Aber als Tinka »guten Morgen« gähnt, fragt Mama ob es warm und schön war in der Nacht. Tinka nickt, da nickt auch Mama, und alles ist okay.

»Du hast die Wahl, Mücke: Haferflocken mit Kabapulver, aber heute leider wieder nur mit Wasser.«

Es ist schon zu spät, um vor der ersten Stunde in der Schule zu sein. Tinka müsste ohne Aufgaben und ohne Pausenbrot, dafür aber mit Entschuldigungszettel losgehen.

»Oder wir warten mit dem Frühstück, du kommst mit auf die neue Arbeit, und wir essen dort. Morgen dann wieder Schule, versprochen.«

Tinka fährt nicht gerne mit Mama Bus. Wenn jemand fragt, muss sie sagen, dass sie fünf ist, nicht sieben, deshalb musste sie auch die Tasche mitnehmen und nicht den Ranzen. Sie soll sagen, dass sie groß für ihr Alter ist –

und auch wenn die das nicht so richtig abkaufen, können die das ja nicht beweisen. Heute aber ist der Bus zu voll zum Fragen. Die Menschen stehen so dicht, dass sie sich unabsichtlich berühren. Sie riechen nach Kaffeeatem und Bus. Ein Mann bietet ihr einen Sitzplatz an, aber Tinka schüttelt den Kopf, denn Mama bleibt hier immer stehen und sie will bei ihr bleiben, sich an ihr festhalten und verstecken können. Draußen sind die anderen Kinder auf dem Schulweg, die nicht Bescheid wissen und sie aus dem Busfenster ohne Ranzen und auf dem Weg in die falsche Richtung entdecken könnten.

Zur neuen Arbeit muss man nach der letzten Haltestelle noch weiterlaufen. Sie findet in einem kastigen Haus hinter einer hohen hellgelben Mauer statt, von der Metallspitzen ragen, weil dort keine Tauben sitzen dürfen. Draußen an der Mauer gibt es eine überdachte Bank – eine unfaire Bank, sagt Mama, die keine Haltestelle ist, aber auf der manchmal jemand wartet. Die Zimmer drinnen heißen Einheiten. Hier riecht es nach Waschmittel und Schinkennudeln, Kaffee und Früchtetee, am deutlichsten aber nach etwas, von dem Tinka lernt, dass es Desinfektionsmittel ist. Zwei graue Frauen tapsen ihnen auf dem Flur entgegen und grüßen. Mama grüßt zurück und stellt sie vor: »Meine Tochter, Tinka. Die Schule fällt heute aus. Ich habe sie ausnahmsweise dabei, sie wird niemanden stören.«

»Die Schule fällt nicht aus.«

»Doch, Mücke, sie fällt leider aus.«

An Mamas Tonfall erkennt Tinka, dass es eine schlechte Idee ist, noch mal zu widersprechen. Aber weil das einfach nicht die Wahrheit ist und man sich wehren muss, flüstert sie:»Gar nicht.« Damit sie es gesagt hat, aber leise genug.

Als die Frauen wissen wollen, wie alt sie ist und Tinka wie immer antwortet:»Sag ich Ihnen für nen Euro!«, lacht Mama zu laut und die beiden Frauen gar nicht.

In einer großen Küche macht Mama ihr Marmeladentoast und Kaba mit Milch und sagt ihr, sie soll am Tisch sitzen und warten und Aufgaben machen oder etwas malen, bis sie wieder vorbeischaut. Toast und Kaba schmecken gut und sind schnell weg, sogar die Krümel – aber da sind auch Bananen im Obstkorb auf der Theke, sie möchte eine nehmen, aber niemandem eine klauen.

»Mama?«

Keine Antwort. Sie holt das Deutschblatt aus der Tasche, fängt an, aber das Buchstabenrätsel langweilt sie, deshalb malt sie auf die Rückseite eine Höhle und Bananen und ein Monster. Dazu Mama und sich selbst. Danach langweilt sie sich weiter, zu sehr auch für das Sachblatt mit den Jahreszeiten.

»Mama?«

Mama ist hinter einer der fünf Türen verschwunden, die von der Küche abgehen. Tinka weiß nicht mehr genau hinter welcher.

»Mama?«

Der Geruch von Desinfektionsmittel hängt ihr so fremd in der Nase, dass sie ihn nicht vergessen kann. Sie will, dass es nach Klassenzimmer riecht. Was, wenn die beiden grauen Frauen vom Flur hier hineintapsen, oder andere und Mama sie nicht vorstellen kann?

»Die Schule fällt nicht aus«, sagt Tinka laut in die leere Küche hinein. Nichts.

»Die Schule fällt nicht aus!«, ruft sie, steht auf und nimmt sich eine Banane – aber die kleinste.

»Hallo?«, kommt von einer Tür. Eine Männerstimme, nicht Mama, heller und rauer als die des Trösters. Tinka hält die Luft an, bewegt sich nicht.

»Kommen Sie, helfen Sie!«

»Entschuldigung«, ruft Tinka zurück und legt die Banane wieder hin, obwohl sie schon begonnen hat, sie zu schälen.

»Kommen Sie!«

Sie zögert, weiß, dass sie nicht allein zu Fremden soll, aber dass man helfen muss, wenn jemand um Hilfe bittet und dass hier alte Leute wohnen. Deshalb durchquert sie mit leisen Füßen die Küche und klopft an die Tür, hinter der die Stimme ist.

»Kommen Sie, ist offen!«

Tinka sieht ein Zimmer im hellblauen Halbdunkel: Die Fensterscheiben sind nicht richtig durchsichtig, das Licht ist aus. Ein dünner, alter Mann in braunem Wollpullover sitzt auf der Sessellehne.

»Wer bist du?«, fragt er und scheint überrascht zu sein.

»Tinka. Äh, Tinka Heerdmann?«

Sie bleibt im Türrahmen stehen.

»Woher bist du?«

»Ich bin mit Mama da. Sie arbeitet hier.«

Sie wirft einen Blick über ihre Schulter in die Küche.

»Gut, egal. Hilfst du. Bringst du mir die Dose Nüsse, bitte. Dazu die große Schere.«

»Also. Ich weiß nicht, wo.«

»Die Dose aus der Küche, auf dem Kühlschrank. Schere aus Schublade. Mitte.« Der Mann deutet fahrig hinter sie, aber hält dann inne:»Passt du auf mit der Schere.«

Sie findet die Dose, muss einen Stuhl an den Kühlschrank rücken und hinaufklettern, um heranzukommen. In der vierten Schublade, die sie öffnet, findet Tinka auch eine Schere und passt damit auf, als sie sie ihm bringt.

»Danke.« Der Mann schüttet die Nüsse in eine Kaffeetasse.»Ich brauch nichts mehr«, und schneidet Blechstreifen aus der leeren Dose.»Du kannst gehen.« Es sieht anstrengend aus.

»Was machen Sie da?«

»Nicht wichtig.«

Tinka stutzt, überlegt:»Sagen Sie es mir für einen Euro?«

»Geht dich nicht so viel an.«

»Ich hab auch keinen Euro. Für einen Cent?«

Er dreht den Kopf rüber zum hellblauen Fenster, kneift die Augen fest zusammen, antwortet nicht.

»Sagen Sie es mir, wenn ich Ihnen noch weiter helfe?«

»Kind. Was willst du helfen? Geh.«

»Keine Ahnung.« Sie bleibt, setzt sich im Schneidersitz in den Türrahmen.

Der Mann heißt Herr Tomsonov. Tinka bringt ihm die Thermoskanne mit Kaffee ins Zimmer, er trinkt direkt aus dem Kannenschnabel. Sie zieht in der Küche die Vorhänge zu und macht das Licht aus, damit er aus dem Zimmer kann.»Hab ich Eulenaugen«, erklärt er und setzt sich an den Tisch. Im Küchenschrank gibt es ein Regalbrett mit seinem Namen; sie muss es für ihn suchen, darf dann alles rausholen und aufmachen: echte Prinzenrolle, Bifi, Salzstangen und Schokoladenwürfel, von denen sie einen halb angekaut ins Waschbecken spuckt, als sich der scharfe Geschmack eines flüssigen Kerns in ihrem Mund ausbreitet. Sie darf auch einen zweiten Würfel, obwohl sie auch ihn wieder halb zerkaut ins Waschbecken spucken muss. Dürfte, nachdem sie ihm das dicke schwarze Klebeband aus der unteren Schublade geholt hat, sogar einen Dritten, aber hat keine Lust mehr. Herr Tomsonov hat seine Blechstreifen mitgebracht, schneidet Zacken hinein und verrät ihr, dass er sich Werkzeug bastelt, aber nicht für was. Immer wieder stoppt er und kneift die Augen zusammen.

»Tut was weh?«, fragt sie.

»Kind. Hast du gute Ohren?«

Sie überlegt, nickt.

»Ich sag dir was. Ein Geheimnis. Sagst es niemandem. Nicht mal deiner Mutter. Schwörst du?«

Mit Mama zusammen hat Tinka genug Geheimnisse, ohne sie noch wenige. Sie weiß, wie man etwas für sich behält. Tinka schwört, und er verrät es ihr. Dann legt sie sich flach auf den Küchenboden, legt das Ohr an und lauscht, lauscht ganz tief hinunter, macht sich selbst so leise wie möglich, wie zu Hause an der Zimmertür, stellt sich vor, wie auch ihr Herz leiser pocht, schließt die Augen und gibt sich Mühe.

»Hörst du?«

Vielleicht?

Da öffnet sich eine Tür schnell und weit, so wie nur Mama immer die Türen öffnet – und sie kommt herein mit einem Knäuel Wäsche unter dem Arm, als wäre es Beute.

»Alles klar, Mücke? Herr Tomsonov, alles klar?« Sie mustert die Packungen auf dem Tisch, Herrn Tomsonov auf dem Stuhl und Tinka am Boden.

»Alles klar, Mama.«

»Gut. Ja.« Herr Tomsonov steht abrupt auf. »Alles gut.« Er schiebt sich die Blechstreifen in die Hosentasche. »Muss los.« Mit zwei Fingern tippt er Tinka ein Tschüs an die Schläfe, geht einen Bogen um Mama herum und verschwindet schnell durch die Tür zum Flur.

»Was machst du, Mücke?« Mama geht neben ihr halb auf die Knie.

»Geht dich nicht so viel an.«

Sie streicht ihr über die Haare: »Geht mich wohl nichts an.«

»Was machst du, Mama?«

»Aufpassen.«

Bis zum Abend lernt Tinka, dass »aufpassen« bei alten Leuten Haare kämmen und Wäsche fortbringen, Mülleimer leeren, beim Essen und Klogehen helfen und ans Trinken erinnern heißt, Fenster öffnen und schließen, den Knopf auf der Fernbedienung finden, erklären, dass der Ausflugtag nur einmal die Woche ist. Dass sie auf der Sofalandschaft im Gemeinschaftsraum umherspringen kann, bis nach dem Mittagessen jemand seine Sendung sehen möchte. Lernt, dass Frau Lore Windner, zu der sie lieb sein muss, sieben Porzellanpuppen hat und manchmal glaubt, sie sei auch ein Kind. Dass man höflich zu Frau Bach sein muss, weil sie Chefin ist und entscheidet. Dass es eine Frau Nowak gibt, vor der man sich in Acht nehmen soll – die aber auch nett sein kann, wie als sie Tinka den Witz von der Maus und der Giraffe beibringt. Dass das Zimmer mit der kleinen Laterne vor der Tür leer ist, aber dass dort auch ein Fernseher steht – mit allen Sendern, und Tinka darf gucken, was sie möchte, wenn sie leise ist und Frau Nowak es nicht mitbekommt.

Sie lernt, dass eine Heizung mit Kabel und kleinen Rollen, die Mama aus dem leeren Zimmer geborgt hat, »Ölradiator« heißt und sich über den Gehweg gut, aber über den Schotter überhaupt nicht schieben lässt. So ein Ölradiator ist schwer, aber Mama stark genug dafür. Sie lernt, dass der Busfahrer streng guckt, als Mama einen Ölradiator in den Bus zerrt, noch strenger, als sie ein Ticket für einen Erwachsenen mit Kleingeld bezahlt, und sagt, dass sie eine Fünfjährige dabei hat. Dass man sich vom Gucken allein nie einschüchtern lassen soll, weil die Leute nicht Bescheid wissen. Tinka lernt, dass sie einen Radiator fast allein von der Haltestelle bis zur Haustür schieben und auf der Treppe Mama beim Kabeltragen helfen kann. Dass sie die Höhle doch nicht immer behalten können und zurückbauen viel Arbeit ist. Dass sie das Deutschblatt und Sachblatt auch spät noch machen muss, weil es morgen in die Schule geht und Mama ausnahmsweise auf Hausaufgabenmachen besteht. Dass sie vom heutigen Tag niemandem erzählen darf, nicht einmal Jasmin, weil andere Kinder immer noch nicht Bescheid wissen, aber auch niemand Bescheid wissen darf. Und schließlich lernt Tinka, dass mit einem Radiator im Zimmer die Eisfedern an der Scheibe verschwinden, während Mama nebenan dem Tröster am Telefon vom heutigen Tag erzählt und fragt, ob er noch vorbeikommen möchte.

Enders
Zimmer

Das Zimmer hinter Grunjas Kneipe, zwölf Quadratmeter. Die Toilette für die Gäste kann Enders mitbenutzen, wenn er gelegentlich bei den Getränkekästen mit anpackt und hilft, wenn vorne jemand Probleme macht. Ein Bett, ein Klapptisch, ein Stuhl, ein Campingschrank mit Stoffüberzug und Reißverschluss. Die Tür, durch die er jederzeit kommen und gehen kann, das Fenster zur Nebenstraße, das er öffnen und schließen kann. Die Postkarten an der Wand, eine Metallbox auf dem Fensterbrett voll mit seinen Briefen, ein Rucksack mit Kleidung und eine stabile Plastiktasche für den Rest. Das muss ihm reichen, reicht auch, zu Hause genug.

Grunja steht in seinem Türrahmen und schüttelt den Kopf. Das Tageslicht zeigt, was sonst zwischen Leuchtreklame und Lichterschlauch hinter der Theke verborgen bleibt: Ihre Haut ist matt geworden, ihr Haaransatz grau, die Farbe ihres Lippenstifts verästelt sich an den Lippenrändern. »Tut mir leid, Enders. Ich muss auch schauen, wo ich bleibe. Zwei Wochen noch.«

Noch vor Weihnachten macht sie den Stern dicht und zieht raus zu ihrer Tochter und dem Schwiegersohn. Das Gebäude soll kernsaniert werden, bald ist hier keine Spur mehr von der Kneipe und diesem Zimmer. Enders merkt, wie schwer es ihr fällt, das anzusprechen.

»Und dann? Fütterst du den ganzen Tag die Enten?«

Immerhin hat er sie dazu gebracht, dass sie belustigt Luft durch die Nase schnaubt. »So Kaliber wie dich fütter ich dann auf jeden Fall nicht mehr durch.«

»Nach so einem Kaliber kannst du auch lange suchen. Ich bin ein Original.«

»Weiß ich doch.«

»Ich hab noch was offen bei dir vorne. Habs nicht vergessen – am Montag bring ichs dir.«

Grunja winkt ab. »Darum ist es mir nicht. Musst mir nur versprechen, dass du klarkommst.«

»Ich komm immer klar.«

»Wie als du bei mir vor der Tür aufgetaucht bist?«

»Ich kann zu Mascha.«

Seitdem Mascha einmal die ganze Herrenrunde beim Poker abgezogen und vom Gewinn Getränke für alle ausgegeben hat, hat sie bei Grunja einen Stein im Brett. »Die steckt dich in die Tasche. Pass auf sie auf – aber lass dir von ihr nichts gefallen!«

»Und du? Kommst du auch klar?«

»Muss ja. Ich hab ja die Enkel, die sollen auch was von mir haben. Werd euch aber vermissen wie verrückt.«

Einen Moment lang bleibt sie in der Tür stehen, sieht hinter Enders vorbei aus dem Fenster auf die Baustelle gegenüber, wo eine neue Straßenbahnhaltestelle entstehen soll und sie das alte Hinterhaus schon in einen Schutthaufen verwandelt haben.

»Mach dir keinen Kopf, Grunja. Hast mir ja immer gesagt, dass das nur für den Übergang ist.«

Sie nickt, blinzelt ihm zu und schließt die Tür. Vorn macht sie gleich die Kneipe auf.

Enders geht ein paar Schritte im Zimmer auf und ab, streicht über seine Postkarten: Meer und Himmel in Hochglanz-Türkistönen, Sandstein und Ringeltauben hinter weiß-umrandeter Schrift. Seit wie vielen Jahren ist keine mehr dazugekommen? Wer außer dem Amt weiß noch, an welchem Briefkasten sein Name steht? Auf und ab geht er. Seine Schultern spannen sich an, seine Kiefermuskeln verkrampfen. Aus dem Fenster auf die Straße springen müsste man, den Passanten, die neugierig am Bauzaun stehen, direkt in den Rücken. Enders zückt sein Handy und ruft Mascha an.

Sie erzählt ihm, dass die Heizung noch immer kaputt sei, geht mit dem Handy ins Bad, damit die Kleine nicht mithört, und sagt, dass sie eine Ölrechnung von mehr als vierhundert Euro im Briefkasten hatte. Dass sie etwas eingefädelt hat – dass die Kleine und sie über die Feiertage in einer der Wohneinheiten bei ihrer Arbeit bleiben können, wo es warm ist und sie Feiertagsdienste übernehmen kann, bei denen sie gut was verdient, dass das alles eine Übergangslösung sei, aber sie im Januar schon die nächste Lösung finden würde.

»Mach dir keinen Kopf«, sagt Enders und verspricht zu helfen.

Dann nimmt er seine Karten von der Wand und packt sie in die Blechbox auf dem Fensterbrett. Er lässt sich auf die Bettkante fallen und bleibt, den Kopf in die Hände gestützt, sitzen, bis ihn eine Welle der Unruhe packt und er noch einmal im Zimmer auf und abgehen muss. Er packt seine Blechbox und schleudert sie mit Wucht gegen die Wand.

»Mir ist was runtergefallen!«, ruft er, für den Fall, dass Grunja doch noch in der Nähe ist. Der Deckel der Box ist abgesprungen, Enders zieht ihn unter dem Bett hervor, sammelt die auf dem Boden verstreuten Karten ein und packt alles in seinen Rucksack. Dazu stopft er das Geschirr und die Kleidung aus seinem Campingschrank.

In einer Jackentasche findet er einen Fünfer, in einer Seitentasche des Rucksacks ein paar Münzen. Er atmet einmal schwer durch, verlässt das Zimmer, geht nach vorn in die Kneipe.

Mascha
Nimm

Die Flure könnten schnell zu ihren werden. Jeder schwellenfreie Übergang, jedes Nachtlicht, jedes hüfthohe Geländer. Kommt Mascha in einen Raum, sieht man sie an: Bewohner, Pflegerinnen, Verwandte. Sie hält stolz die Blicke. »Würden Sie? Könnten Sie? Kurz nur. Bitte.« Und bitte und bitte und bitte: die Fernbedienung. Das Fenster. Die Strümpfe. Das Telefon. Sie drückt und schließt und zieht und holt. Schlimmer ist:»Bitte nicht, ich kann noch. Sie dürfen doch nicht, Sie müssen, ich will nicht.« Trotzdem drückt sie und zieht sie und holt herbei, weil das ihre neue Pflicht ist – aber hält auch dabei die Blicke, weil sie ja weiß, dass man rebellieren muss. Und so vergeht der Tag.

Will sie dieses Reich? Bald kennt sie jeden Winkel. Der Schmale hat ein Geheimversteck von Chantré-Flaschen im Sesselpolster, die Schüchterne im Anorak klaut die Engel vom Weihnachtsbaum und steckt sie sich in den Kissenbezug. Im Brummen des Patientenlifts ist die Weite schwer zu finden, auch wenn man die Augen schließt, drum pfeift Mascha, wenn sie ihn bedient.

Sie weiß wieder, wie Wundwasser riecht, unter Verbänden, die sie als Hilfskraft nicht wechseln darf. Wie die Bewohner manchmal steif werden unter den vielen Berührungen, die sein müssen. Weder Mascha hat eine Wahl noch sie. Sie weiß wieder, wie Pergamenthaut glänzt, über schwarzblauen Schatten. Wie sie reißt, wenn man sie zu fest greift, und wie die Bewohner dabei unter Schmerzen die Luft einsaugen.

Mit dem Advent füllen sich die Küchen und Gemeinschaftsräume mit Verwandten, die am Nachmittag Christstollen bringen, Plätzchen und knapp zwei Stunden Zeit. Je näher das Ende dieser zwei Stunden rückt, desto häufiger blicken die Verwandten auf die Uhr über der Tür zum Flur. Irgendwann wenden sie sich immer hilfesuchend in Maschas Richtung: »Ihr macht es euch schön hier.«

Sie zupft an engellosen Tannenzweigen: »Herrlich.«

»Sie sind ein guter Geist.«

»Ich bin ein was?«

»Ein guter Geist. Dass Sie die Feiertage hierbleiben, mit ihrer Kleinen. Frau Nowak hat es uns erzählt.«

»Ich spare Heizkosten zu Hause.«

Und die Verwandten lachen.

3.000 Euro lang will Mascha bleiben. Sie überschlägt: Genug für Öl, für ein Sommerlager für das Mädchen, für eine Privatfortbildung zur Sicherheitskraft. Genug, um sich eine Weile die Huhn vom Hals zu halten. Genug, um die Heizung reparieren zu lassen, für die das Amt kein Formular hat und um die der Vermieter sich nicht schert. Das Kind und sie sind in einer Zweizimmereinheit untergekommen. Unterschlupf bis Mitte-Ende Januar, danach ziehen die nächsten Alten ein. Immerhin hat Frau Bach für die Kleine einen Schülerfahrdienst organisiert, der sie hier draußen abholt und nach der Schule wieder zurückbringt.

Die ersten drei Nächte liegen das Mädchen und Mascha aneinandergeschmiegt in einer Kuhle eines viel zu weichen Pflegebetts. Mittlerweile schläft die Kleine in ihrer eigenen Kuhle, in einem viel zu weichen Pflegebett nebenan. Am Nachmittag streunt das Kind durch die Gänge. »Komm mal, komm, komm, komm«, rufen die Alten ihm nach, stecken ihm Münzen zu und fragen die immergleichen Fragen. Das Mädchen entwischt, wenn sie zu viel von ihm wollen, versteckt sich, fährt mit dem Fahrstuhl auf und ab. Mascha hat einen bestimmten Pfiff, nur für ihre Tochter, der durch die Flure fragt: »Alles gut?«

Wenn die Kleine in der Nähe ist, macht sie sich bemerkbar – alles gut genug.

Mascha mag die Abende, an denen ihre Tochter ihr erzählt, was sie tagsüber entdeckt hat: »Frau Küff spuckt ihre Tabletten aus dem Fenster. Die landen unten in den Büschen.«

»Gut beobachtet. Hast du das jemandem gesagt?«

Das Mädchen schüttelt den Kopf.

Also studiert Mascha heimlich Frau Küffs Tablettenblister, pflückt am Morgen heimlich Tabletten aus den Büschen und steckt sie ein.

Am 23. werden die Bewohner herausgeputzt, ihre Nägel geschnitten, ihnen die guten Pullover angezogen. Am 24. kommen die Verwandten, führen ihre eigenen guten Pullover vor und lächeln Mascha in ihrer weiß verschwitzten Uniform verlegen zu. Einige, die mittags kommen, tauschen die Ihren gegen eine Packung Pralinen ein, um sie für ein, zwei Nächte nach Hause zu holen, und stützen sie auf dem Weg durch den Innenhof.

»Wenn sie sie morgen wiederbringen, dürfen wir alles ausbaden. Die sind alle durch – kein Rhythmus mehr, schlecht gelaunt. Frau Windner orientiert sich nicht mehr, der Sohn kapiert das nicht. Mit der Atemunterstützung kommt der doch nicht klar. Das ganze Jahr lässt er sich kaum blicken«, raunzt die Nowak und sieht hoch zur Uhr über dem Türrahmen. Kaum fünf Minuten später nimmt sie vom jungen Herrn Windner einen Umschlag entgegen, bedankt sich überschwänglich und verschwindet in den Feierabend.

Am Nachmittag stapeln sich 38 Packungen Merci im Pausenraum, nur noch knapp die Hälfte der Bewohnerinnen bleibt zurück. Die Tochter des alten Tomsonov ruft an und entschuldigt sich. Als er davon erfährt, drückt er sich die Handwurzeln auf die Augen, um kurz danach durch die Stockwerke zu ziehen und den Stecker aus jedem Gerät zu ziehen, aus dem noch Weihnachtslieder scheppern.

In der Dämmerung sitzt der Tröster auf der Trugbank vor der Mauer. Mascha holt ihn ab. Von Weitem ruft sie ihm entgegen: »Heute fährt kein Bus. Der Busfahrer ist durchgebrannt und mit seiner Freundin auf See gefahren.«

»Dann ist ihm jetzt wohl schlecht. So ein Busfahrer ist nicht für das Meer gemacht.«

An der Bank lehnt ein silbernes Kinderrad, zwischen seinen Füßen steht ein schlammiger, bauchiger Rucksack. Der Tröster sieht krumm aus, abgekämpft. Sie kommt heran, zieht ihn zur Begrüßung zu sich hoch in den Arm. Er riecht säuerlich nach Schweiß und Erde, hält sie lange fest.

»Ist das für die Mücke? Wo hast du das her? Was hat das gekostet?«, Mascha nickt zum Rad.

»Ach.«

»Was hast du noch alles dabei?«

»Kram. War unterwegs.«

»Drinnen ist es ruhig. Einige sind mit den Verwandten nach Hause. Die Kleine spielt. Willst du mal ne Wanne mit Geländer ausprobieren?«

Er weicht ihrem Blick aus.

Sie schultert seinen Rucksack. »Die Kleine wird sich freuen. Gehen wir rein.«

Ein Lieferdienst bringt das Weihnachtsmahl: Gänse-keulen, Rotkraut und Klöße. Sie isst gemeinsam mit der Kleinen, Frau Bach, ein paar Bewohnern und Verwandten in der größten Gemeinschaftsküche, der Tröster allein in der Wohneinheit. Geschenke werden getauscht. Die Chefin schenkt ihr einen Gutschein eines Kleider-geschäfts, ihre Tochter bekommt Taschengeld und eine Kinderbibel. Mascha schenkt den Bewohnerinnen Pa-ckungen Merci, dem alten Tomsonov zwei Dosen Boos-ter, Frau Bach ein Kirschwasser und ihrer Kleinen eine kitschige Einhornfigur, die so viel gekostet hat wie ein Wocheneinkauf, aber sie vor Freude quietschen lässt. Man singt, man bietet dem Pfarrer, der für eine Stunde kommt, Punsch und Plätzchen an, man bringt die letzten Verwandten an die Tür und die Bewohner um kurz vor acht auf ihre Zimmer. Frau Bach sammelt alle Alkohol-flaschen und die Merci-Packungen ein, die die Bewohner geschenkt bekommen und liegen lassen haben. »Ist für die meisten besser so.«

Als der Tröster ihrer Tochter am späten Abend das Fahrrad zeigt, hüpft die vor Aufregung, umarmt nur Mascha, aber grinst ihm über die Schulter ein Danke zu. Bis in die Nacht rasselt das Kind damit die breiten Flure entlang, klingelt, immer wenn ihm jemand zuruft – und niemand, der sich darüber beschwert, beschwert sich laut genug, um es aufzuhalten.

Der Tröster und Mascha probieren gemeinsam die breite Wanne mit dem Geländer aus. Sie lehnt sich im Wasser zurück, stützt einen Fuß an seine Schulter, schaut zur Decke und fragt: »Brennen wir durch?«

»Wohin?«

»Raus. Weit weg. Was von der Welt sehen.«

»Hier ist es schön genug. Kannst du mir glauben.«

»Und wenn das nicht reicht?«

»Wofür?«

»Du klingst wie ein Busfahrer.« Sie spritzt ihm einen Schwall Schaumwasser ins Gesicht.

Ihre Tochter schläft nebenan schnell ein und schläft tief, der Tröster neben ihr im Bett dreht sich im Halbschlaf hin und her und hat so wirklich keinen Trost zu bieten. Mascha will den Klang der Bitten der Bewohner loswerden, die Blicke der Verwandten, den Wundwassergeruch. Die Ahnung, wie selbstverständlich sie hier schon durch die Flure geht, wie leicht es wäre, zu lange zu bleiben. Sie will sich ihr Heer vorstellen, den Horizont. Er zerwühlt ihr den Weg dahin.

»Hey?«

»Lass mich.«

»Hey!«

»Lass mich!« Im Wühlen tritt er – und trifft Mascha empfindlich am Schenkel. Ihren Laut kann sie im Kissen ersticken, sich drehen, ihn greifen, ihm in die Augen sehen: »Was zur Hölle ist los mit dir?«

Ihr Rücken schlägt dumpf gegen die Wand – er hat sie von sich gewuchtet. Seine Augen sind schwarz und weit. Wie hastig er atmet. Wie heiß ihr wird. Schon wieder die Hitze in ihrer Magengegend. Mascha schielt zur Tür zum Zimmer nebenan. Er rappelt sich hoch, schiebt und dreht sich von ihr weg, kommt am Bettrand zum Sitzen. »Ist gut. Ich geh.«

»Nein«, sie fasst ihn an der Schulter.

»Ich geh schon.«

Er riecht so anders als das Wohnheim, trotz des Ölbads, in dem hier alle gebadet haben; er riecht salzig und nach Kraft.

»Wohin?«, fragt sie.

Er antwortet nicht. Sie klettert an ihm vorbei, fischt ihre Hose vom Boden, findet in der Tasche die Tabletten, die die Küff in ihrem Trotz vor dem Fenster in einen Busch gespuckt hat.

»Bleib.«

Hilft, was Rheumaschmerzen ersticken soll, auch gegen ein Wühlen? Wärme und Weite. Wie sicher kann man sich sein, bei Buschtabletten? Mascha holt ihr Taschenmesser aus dem Nachttisch. Still sieht der Tröster ihr dabei zu, wie sie eine Tablette halbiert, überlegt – und ihm dann doch beide Hälften gibt.

»Nimm. Dann kannst du schlafen.«

Ruhe und Trost, vielleicht auch genug, um die Beine zu beruhigen. Sie gibt, er nimmt und schluckt trocken runter.

Eine zweite Tablette schüttelt sie in ihrer Hand. Dann steht Mascha auf, öffnet sachte die Tür zum Nebenzimmer. Das Mädchen schläft noch, hat das neue Fahrrad gegen das Gitter des Betts gelehnt. Die Zweite zappelt in ihrer Hand. Wie viel Weite kann man schlucken? Sie schließt die Tür, spült die Tablette mit einem Mund voll abgestandenen Sprudels herunter und schiebt den Tröster zurück auf die Matratze.

Als sie spürt, wie er neben ihr ruhig wird, wie sie zurücksinkt in die Kissen und wie die Flure ihr endlich wieder fremd werden, atmet Mascha auf.

Enders
Parkdeck

Enders schwitzt, die Matratze ist zu weich. Maschas Nähe tut gut. Sie hat ihm ein Mittel gegeben. Der Raum, das Bett, der Platz neben ihr ist groß genug für ihn, und er kann ihr beim Atmen zuhören. Sein Puls geht noch zu schnell, aber das Mittel wird es richten. Er sucht sich Ruhe, erinnert sich.

Das Ikea-Parkdeck im Frühling: Die Gerüche, ein Wirbel aus Diesel und Birkenfurnier. Seine Aufgabe war es, in einer albernen Neonweste verstreute Einkaufswagen zusammenzuschieben, Autoscharen zum Weiterfahren zu bewegen und Kartonfetzen zusammenzusammeln, die im kühlen Wind umhergejagt wurden. Wiedereingliederung auf Minijob-Basis – nur vorübergehend, hatte man ihm gesagt.

Vor dem Möbelhaus hatten sie in einem offenen Container einen Stand aufgebaut: Darin zwei junge Männer, einer blond und einer braunhaarig, die zu reparieren versuchten, was man ihnen brachte. Kostenlos. Hauptsächlich, aber nicht nur Ikea-Waren. Eine Aktion, die sagen sollte: Diese Möbelhauskette kümmert sich um Altgewordenes, Kaputtes. Eine Werkbank und ein Arbeitstisch, Lack und Furnier, Knöpfe, Fäden, Schleifpapier.

So oft er konnte, fuhr er mit dem Aufzug ins Erdgeschoss, um einen Blick auf diese Männer in diesem
Container zu werfen. Die beiden sahen wie Freunde aus,
sonnengebräunt und sorgenfrei, gingen sich zur Hand, fie-
len in ein gemeinsames Lachen ein und hörten ungefähr
zur selben Zeit wieder zu lachen auf. Viele der Kunden
blieben auf dem Weg ins Möbelhaus bei ihnen stehen,
ließen sich mitreißen und lächelten. Die Aktion schien
es nicht in Überschriften in Anzeigeblättern geschafft zu
haben, die beiden jungen Männer hatten wenig zu tun, sie
plauderten mit den Kunden und alberten herum. Wenn jemand ihnen doch einen klemmenden Reißverschluss oder
ein zerkratztes Möbelstück aus der Fundgrube brachte, stri-
chen sie über die Makel und berieten sich, was zu tun sei.

Enders schlenderte näher, bückte sich halbherzig dann
und wann nach einer Serviette oder einem Kassenzettel.
Ein mageres Mädchen im Teenageralter saß auf einem
schmalen Stuhl am Rand des Reparaturstandes und sah
den beiden Männern geduldig in die Rücken; es trug
nur einen Schuh, einen seiner Füße stützte es sockig am
Stuhlbein ab. Den fehlenden Schuh setzte einer der jungen Männer behutsam auf einen Tisch, der zweite Mann
kramte in einem Ikea-Regal mit durchsichtigen Schub-
laden.

Wenn Enders die Blicke eines Mitarbeiters im blaugelben Polohemd allzu deutlich in seiner Seite spürte,
wurde es Zeit: zurück aufs Deck. Stockwerk um Stockwerk die Fahrbahn entlang nach oben. Aufsammeln,
durchwinken, zusammenschieben. Oben angekommen
durch das kopfhohe Metallgitter auf die Autobahnzufahrt
blicken, dem Rauschen zuhören und eine Halbe rau-

chen. Dann wieder mit dem Aufzug hinabfahren und einen neuen Moment in der Nähe des Containers stehen bleiben.

Bei seiner nächsten Runde sah er das Mädchen in Richtung Möbelhaus weitergehen. Es trug beide Schuhe. Man konnte nicht erkennen, welchen es eben abgegeben hatte.

Am Stand lehnte ein Paar, ein Mann und eine Frau in ihren Dreißigern, an einem zerrupften Korbsessel, die Frau strich beiläufig etwas von der Schulter ihres Partners, während dieser mit den beiden jungen Männern sprach. Eine Geborgenheit ist das, dachte Enders, und bemerkte, wie er mit den Kunden, die sich um den Stand versammelt hatten, mitlächelte.

Als er wieder die Mitarbeiterblicke spürte, entschied er, seine fünf Minuten zu nehmen und durch die Drehtür in die Verkaufsräume zu gehen. Eine Geborgenheit. Enders wusste nicht, was er mit dem Gedanken machen sollte, also kaufte er zwei Hotdogs, um sie den beiden am Reparaturstand zu schenken.

Kurz darauf stand er wieder am Rand des Containers und sah etwas unbeholfen auf Brötchen, Würste, Senf und Röstzwiebeln in seinen Händen.

»Wie können wir helfen?«, fragte ihn einer der beiden, der Blonde, freundlich. Kaum merklich zuckte Enders dabei zusammen – und streckte ihm die Hotdogs entgegen: »Für euch.«

»Uh. Ob wir das Material haben, die zu retten?«, feixte der andere, der Braunhaarige.

Der Blonde schüttelte den Kopf: »Quatsch. Danke. Sehr nett, danke. Sie arbeiten hier?« Er reichte einen Hotdog weiter.

»Ihr erinnert mich. An einen guten Freund, als ich in eurem Alter war. Harry. Sind zusammen rumgekommen.«

»Na ja, unterwegs sind wir gerade eigentlich nicht so viel«, antwortete der Blonde.

»Macht ihr das öfter, reparieren? Verdient ihr damit?«

»Wir haben eine Werkstatt an der Uni. Eigentlich machen wir das kostenlos. Hier gibt es aber ein bisschen was, ja«, erklärte der Braune zwischen zwei Bissen.

»Es geht dabei nicht wirklich um Geld. Wir wollen halt was Sinnvolles machen«, ergänzte der andere.

Enders nickte, wusste nicht, was man weiter fragt, um bleiben zu können, aber wollte noch nicht gehen. »Und. Wie kommt ihr dazu?«

»Mein Vater ist handwerklich ziemlich fit, ich hab mir ein bisschen was abgeschaut. Er da?«, der Blonde nickte rüber zu seinem Freund. »Das weiß ich auch nicht. Der repariert hauptsächlich eh nur seine Freundin.«

»Spacko«, nuschelte der Braunhaarige, aber grinste – dabei fiel Enders auf, dass seine Zähne sehr weiß waren, aber auch schief.

»Wollen Sie mit anpacken?«, fragte der Blonde.

Enders sah hinter sich zum Parkdeck, zuckte mit den Schultern, schüttelte den Kopf.

»Ein anderes Mal vielleicht«, meinte der Braunhaarige und nahm den letzten Happen Hotdog: »Danke noch mal!«

Am Abend war das Parkdeck kaum mehr belegt. Zwar gingen noch Kunden im Möbelhaus ein und aus, aber den Reparaturcontainer hatten sie zugemacht. Es roch nicht mehr nach Fleischklößchen aus der Cafeteria, nach Diesel oder Pressholz aus dem Lagerraum, es roch nach nichts mehr, er hatte sich gewöhnt. Die letzte Stunde lehnte Enders im dritten Stock an einer Säule, weil seine Füße wehtaten und es keinen Unterschied machte, ob er die Einkaufswagen herumschob oder stehen ließ. Die Kunden nahmen sie auch mitten vom Parkdeck: Er musste dafür weniger gehen, sie mussten dafür weniger gehen. Durchwinken brauchte er niemanden mehr, Platz war genug. Bis zum Feierabend wollte er nur noch dem kühler werdenden Wind aus dem Weg gehen und warten, bis er alles ein letztes Mal zusammenschieben würde.

Ein plötzliches Geräusch ließ ihn aufhorchen: eine laute, helle Stimme vom obersten Deck, Gitterklirren. Er stöhnte auf, schlurfte zum Fahrstuhl, um nachzusehen. Auf dem Weg nach oben hörte er es wieder klirren, aber gedämpft, dann, als sich die Fahrstuhltür öffnete, konnte er im Lärm die Stimme verstehen: »Geh doch! Arschloch.«

Er hätte eine Gruppe Teenager erwartet, keine junge Frau mit wildem Blick in einer knittrigen Jacke mit Pelzbesatz. Sie schrie jemandem hinterher, der gerade zu Fuß und schnellen Schritts die Fahrbahn entlang nach unten abbog – ein Braunhaariger wie der vom Reparaturstand.

Kaum war der um die Kurve, hängte sie sich an das Metallgitter, das oben das Deck umrandete, rüttelte daran mit ganzer Kraft und schrie auf das untere Stockwerk hinab: »Verpiss dich doch!«

Sie stieß sich vom Gitter ab und stapfte hin zu dem einen einsamen Kleinwagen, der hier parkte, trat gegen die Seitentür und lachte heiser, als der Seitenspiegel absprang. Dann riss sie aus der großen Papiertonne, die Enders hier oben abgestellt hatte, einen unhandlichen Karton heraus und versuchte wohl, ihn über das Gitter zu schleudern. Die Pappe flappte dagegen und ging zu Boden. »Auch noch ein Scheiß-Gefängnis, als ob hier jemand springen wollte.« Als sie Enders bemerkte, sagte sie: »Schauen Sie nicht so dämlich!«

Er ging langsam auf sie zu. »Bleiben Sie weg!«, befahl sie. Dann lauter: »Lassen Sie mich!« Schließlich, als er kaum einen Arm weit vor ihr stand, kam nur noch ein Zornlaut ohne Worte hervor.

»Ist gut«, sagte er.

»Ich geh nirgendwohin.«

»Ich bin nicht da, um dich wegzubringen.«

»Dann rufen Sie ruhig den beschissenen Sicherheitsdienst.«

Er schüttelte den Kopf.

Mit beiden Händen stieß sie kräftig gegen seine Schulter, wollte an ihm vorbei in Richtung Aufzug, er aber griff nach ihrer Hand und hielt sie auf. »Ist gut.« Enders spürte eine Ruhe in sich, die er nicht verstand.

»Ist beschissen!«, mit schmalen Augen sah die junge Frau ihn an – aber ließ sich aufhalten, ließ ihm sogar die Hand.

»Ist wirklich nur ein Scheiß-Ikea. Kein Gefängnis hier.«

»Einen Dreck wissen Sie.«

Er zuckte mit den Schultern. Sie musste im Alter der beiden Männer vom Reparaturstand sein, doch wütete sie allein hier oben, bleich, mit zerwühlten dunkelblonden Haaren. Aus einem Impuls heraus wollte Enders sie in den Arm nehmen, sie trösten, sie aber wich zurück. Er löste seine Hand von ihrer.

»Na ja. Vom Dreck weiß ich«, sagte er.

Sie sah auf den Karton neben sich. »Trotzdem sagen Sie, ›Ist gut‹?«

Er nickte.

»Ach, warum nicht?«, und sie kam den halben Schritt auf ihn zu und nahm Enders plötzlich und heftig in den Arm. Er wunderte sich, wie stark ihr Griff war und wie weich ihre Haare, sie roch nach Rauch und Honig. Er hielt sie, so sanft er konnte. Als er Anstalten machte, sich zu lösen, griff sie noch einmal fester zu, wie um ihm etwas zu beweisen – also umarmte auch er sie fester, wie um ihr etwas zu beweisen. Er atmete, sie atmete, und beide hielten sich fest, als wäre nichts Fremdes an dieser Berührung. Der Karton flatterte im Wind quer über das Parkdeck, bis er gegen das gegenüberliegende Gitter stieß.

Als ein Mitarbeiter im blaugelben Polohemd aus dem Aufzug fragte, was das solle, rief Enders ihm »Alles im Griff!« zu, bis der Typ im Polohemd wieder abzog.

»Danke, ich muss los. Hab meine Kleine im Småland.« Sie löste sich.

»Warte«, sagte er, dann kurz nichts, dann: »Zigarette?«, und es war die richtige Frage.

Am nächsten Tag war seine Wiedereingliederung durch den Minijob offiziell gescheitert, aber Enders hatte Maschas Nummer.

Er sucht nach dem Gefühl ihrer Haare, findet aber nur die viel zu weiche Matratze. Sie beugt sich zu ihm herunter und küsst ihm auf die Stirn. »Gehts dir okay?«

Er richtet sich auf. Erst langsam dämmert ihm, dass da Schlaf war. Seine Zunge ist geschwollen.

»Mama?«, ruft es von nebenan.

»Gleich, Mücke! Willst du mit frühstücken? Ich habe bald Dienst, auf einen Happen geht das noch.«

Er schüttelt den Kopf.

»Ist was?«

»Nichts.«

»Sag, was ist?«

»Nichts, ist gut.«

»Jetzt hör auf. Noch müde?«

»Ich bin rausgeflogen.«

»Mama?«, ruft es wieder.

»Ich komm gleich, Mücke! Wie rausgeflogen? Wo?«

Er zuckt mit den Schultern. »Der Stern hat dichtgemacht.«

»So«, sie lässt ihren Blick zu seinem schlammigen Rucksack wandern. »Shit.«

»Ja.«

»Hast du was, wo du hinkannst?«

Hat er nicht.

Sie nickt, sie schluckt, sie reibt sich die Schläfe: »Okay. Gut. Hierbleiben geht nicht. Die Wohnung geht gerade auch nicht.«

»Mama!«

»Mir fällt was ein. Mücke, ich komm!«

Das Mädchen verschwindet in einem der Räume den Gang entlang, Mascha beginnt ihre Schicht, und ihm bleibt es, durch die Flure zu ziehen. Es fällt ihm auf, dass sie eine flache Neigung haben und man durch die Stockwerke kreisen kann, ohne je an einen Ausgang zu kommen. Wenn ihm eine Pflegekraft begegnet, nickt er ihr zu und geht weiter,

74

bevor man ihn ansprechen kann. Wenn er aus einem der Zimmer ein Rufen hört, blickt er geradeaus und beschleunigt seinen Schritt etwas. Hier und da steht ein Rollator oder ein Wagen mit Tabletts im Weg, den er an die Wand rückt.

Mittags steckt Mascha ihm einen Schlüssel zu. »In der 2b ist noch eine Einheit frei. Bis mindestens 6. Januar, vielleicht länger. Zimmer 509. Da ist um die Zeit nichts los, du kannst hin. Der grünen Markierung nach. Wir müssen dich später unten bei der Pforte abmelden. Die schreiben mit, wer kommt und geht – und du bist jetzt schon die absolute Ausnahme. Ich lass dich gegen acht wieder rein, wenn unbesetzt ist. Bis zum Abendessen kannst du erst mal im Zimmer bleiben, sei aber leise. Frau Schmiding, die Nachbarin, hört schlecht, trotzdem: Fernsehen lieber mit Kopfhörern. Ich schau bei dir vorbei und bringe Bettwäsche.«

Später sitzt Enders im funzeligen Schein einer Nachttischlampe am Rand eines viel zu weichen Pflegebetts, drückt konzentriert und möglichst leise die Dellen aus seiner Blechdose, die er nur vorübergehend wieder auf das Fensterbrett stellen möchte. Dann wiegt er die letzte Postkarte eines alten Crewmitglieds in der Hand, die hier keinen Platz an der Wand hat.

Eine Geborgenheit, denkt er.

Tomsonov
Hilti

Tomsonov hat sich Lores Tablet geborgt. Das Kind hat versucht, ihm damit zu helfen, aber sie haben es nicht hinbekommen. Das Kind ist wiedergekommen und hat es hinbekommen. Später – Tage? – ein unhandliches Paket, das ihm der Pförtner an die Tür gebracht hat. »Geht Sie nichts an.« Tomsonov hat es ihm aus den Armen gezogen. Er hat Lores Sohn das Tablet zurückgebracht und sich entschuldigt. Saß mit Lore beim Essen, allein beim Essen, mit Lore und Lores Sohn beim Essen, mit dem Kind beim Essen. Hat heimlich gelauscht, das Ohr an die Wand gelegt, als würde er sich anlehnen. Hat sich ans Fenster gesetzt, sein Puttenlächeln geübt, bis die neue Pflegerin ihn gefragt hat, was das solle, ob es jetzt mit ihm zu Ende gehe.

Dann, in der Silvesternacht, hievt er das Paket in den Keller. Er braucht Pausen auf der Treppe, sein Körper schwer auf dem Geländer abgestützt, die Lunge heiß und er ungeduldig. Aber er schafft es.

Als es oben, wumm, scht, wumm, losgeht, während die Alten bei Piccolos und gefüllten Eiern, bei Fernsehprogramm und banaler Musik, vom einen Jahr ins nächste warten, wumm, wumm, wumm, knackt er mit seinem Blechwerkzeug das Vorhängeschloss an der hinteren Kellertür. Dahinter: brachliegende Räume, nie renoviert, in ihnen ausgehängte alte Türen, Bretter, wandwärts ein leeres, rostiges Bettgestell, Regale, abgestandene Luft. Stille. Was hat er auch erwartet? Schwaches Licht durch den Türspalt aus dem Fahrradkeller hinter ihm.

Er steigt über Bretter und Gerümpel bis zur Außenwand, befühlt den Sandstein, unverputzt, legt sein Ohr an und konzentriert sich. Ist es da noch: weit draußen, tief unten? Es war da. Kommt es zurück?

Er muss sich beeilen, holt aus seinem Paket mühsam die Hilti hervor, sein prächtiger Boxer, findet eine Stelle, um sie anzusetzen. Leicht unter Schulterhöhe, in einer Sandsteinfuge: Wumm, wumm. Kaum ein paar Schläge und das Gerät bäumt sich auf. Staub spritzt ihm in die Augen, er wendet sich ab – und die Hilti springt aus seinen Händen, landet mit einem Krachen auf dem Boden. Er bückt sich. Kaum bekommt er das Gerät zu fassen, fängt es wieder an, sich zu sträuben. Er greift um, hebt es auf, setzt neu an – und es schabt zu Boden. Aber er lernt. Beim nächsten Mal greift er die Hilti nicht am Schalter, sucht nach einem sicheren Stand, bevor er sie wieder ansetzt, und nach einer tieferen Fuge. Es donnert, es gelingt besser.

Zu spät bemerkt Tomsonov die Schritte hinter sich. Früher wäre er wachsam gewesen. Die neue Pflegerin, sie muss ihm gefolgt sein: »Was machstn – machen Sie – hier?«, sie leuchtet seine Füße an.

»Ein Taxi«, versucht er trocken, aber merkt schnell, dass sie dafür zu viel erkennt:»Ich wollte meine Ruhe. Nichts weiter.«

»Ruhe?«

»Meine Ruhe. Nicht Ihre.«

»Haben Sie das Schloss geknackt?«

»Und?«

»Hab mich auch schon gefragt, was dahinter ist.«

»Ja, ja. Ich komm wieder mit hoch. Gehen wir.«

»Und das da?« Sie lässt den Lichtstrahl auf die Hilti wandern.

Er zuckt mit den Schultern.»Geht mir die Wand auf den Sack. Lieber Wand hier als oben die Sesselchen.«

Sie lacht auf.»Nicht schlecht. Darf ich mal?«

»Aufpassen«, er hält ihr das Gerät hin, muss sich ohnehin abstützen, die Augen vom Licht abwenden.

»Frau Windners Sohn hat nach Ihnen gesucht. Macht sich Sorgen. Oben stoßen sie an.«

»Meine Ruhe, sag ich doch.«

Sie steckt sich die Lampe in die Brusttasche, nimmt ihm die Hilti ab und dreht sie in den Händen. Dann setzt sie zielstrebig in der Kerbe im Sandstein an, die er hinterlassen hat.»Ist aber keine tragende Wand, oder?«

Noch einmal zuckt er mit den Schultern.

»Was solls.« Die neue Pflegerin hält das Gerät mit sicherer Hand. Der Stein splittert.

Tomsonov klettert zurück über Bretter und Eimer und schließt die Tür zum genutzten Keller, kommt zurück und gibt ihr Anweisungen: rüber, runter, tiefer ins Gestein. Die Mauer zerspringt, Steinchen flitzen ihnen entgegen. Eine Weile später ist da schon ein armbreites Loch, dahinter dunkles Erdreich und sie reibt sich den Schweiß von der Stirn: »Sie wieder?«

Tomsonov betastet die Vertiefung, befühlt weiche Erde zwischen den Splittern, erkennt den Sandgehalt. Er nimmt ihr die Hilti ab und versucht es selbst noch einmal: In der Vertiefung fällt es ihm leichter, das Gerät zu halten, doch schmerzen ihm bald Arme und Hände, der Lärm macht ihm zu schaffen. Er muss immer wieder blinzeln, muss sich immer wieder auf seine Augen konzentrieren, sonst fallen sie ihm zu.

»Genug jetzt. Gehen wir?«

»Okay.«

»Oben. Sie sagen nichts?«

»Ich bin doch nicht bescheuert.«

»Machen wir weiter. Morgen?«

Wieder lacht sie auf. »Mal sehen. Wenn aber der Laden zusammenstürzt, weiß ich von nichts.«

Er schiebt die Hilti unter die alten Bretter. Zurück im Fahrradkeller schließt die neue Pflegerin die Tür hinter ihnen und hantiert am kaputten Schloss herum. »Damit das nicht auffällt.« Bis zur Treppe folgt er ihr, dann lässt er sich zurückfallen.

»Alles gut?«, sie dreht sich um.

Er schüttelt den Kopf, lehnt sich an die Wand.

»Soll ich helfen?«

Es rauscht noch zu sehr in seinen Ohren, der Lärm, das Wummern, von oben schon wieder die Fernsehmusik. Damals hat es anders geklungen, wann war das? Mit einem Instrument in der Hand – unten, der Rhythmus. Er muss sich konzentrieren, will ihn wieder finden, damit er weiß, dass das alles nicht umsonst ist.

Teil 2
Suche

··· ··− −·−· ···· ·

Mascha
Bach

In der Residenz im neuen Jahr
Ist der Wurm nun drin, ganz sonderbar,
Alte schlafen nicht,
das heißt Zusatzpflicht.
Hier herrscht Teamgeist, nun macht ihr das klar.

Die Bach, die Bach: ihr Parfumgeruch, ihr Ehering, ihr
Blick über den Silberrand der Brille. Mascha sitzt ihr in
ihrem Büro gegenüber, auf dem Tisch zwischen ihnen
der Dienstplan und Sukkulenten in handbemalten Über-
töpfen. Zwei Mitarbeiterinnen haben sich heute krank ge-
meldet, eine fällt schon seit Wochen aus. Wer kann, hat
noch Urlaub. Die Bach hat ein Problem, denkt Mascha
und lehnt sich im gepolsterten Stuhl zurück.

Komm doch, neue Feine, nimm die Schicht an, trag
dich ein:
Du sollst bis morgen früh um neune unsre eine
Wackre sein.
Ist es dir recht, na dann bleib doch hier,
vielleicht sogar bis um zehn.
Stell dich ein, aufs Fleißigsein, das ist doch schön.

»Frau Heerdmann, wir sind durchaus zufrieden mit Ihnen. Sie haben einen guten Draht zu den Bewohnern. Sie haben Humor.«

»Danke.«

»Dabei kann ich mir wirklich gut vorstellen, dass Sie sich gerade in einer angespannten Lebenssituation wiederfinden.«

»Können Sie das?«

»Ja, und ich sehe, wie sie sich entwickeln, trotz allem. Noch kann ich Ihnen nichts versprechen, aber – vielleicht könnten Sie sich nach der Probezeit eine berufsbegleitende Weiterqualifizierung mit uns vorstellen? Wir hatten vor einiger Zeit sogar darüber nachgedacht, im Dachgeschoss ein paar Schwesternzimmer auszubauen, ganz offiziell.«

»Eigentlich wollte ich mich erst einmal auf das konzentrieren, was jetzt ist.«

»Dazu – es gibt einige Punkte, über die wir sprechen sollten. Sie müssen insgesamt noch schneller werden, gerade am Morgen kommen Sie schlecht durch. Pünktlichkeit, ich muss nichts dazu sagen, oder?«

»Kommt nicht noch mal vor.«

»Bisher waren Sie auch noch nicht in den Austausch mit den Angehörigen eingebunden, ich würde sie gern hospitieren lassen.«

»Das ist so schon in Ordnung.«

»Sie sind authentisch, ich kann mir sogar vorstellen, dass Ihnen das läge. Machen Sie nicht dicht. Ich traue Ihnen mehr zu, als Sie bisher bei uns zeigen konnten. Also. Es sind Dienste freigeworden.«

»Okay. Was heißt das für meinen Tagessatz?«

»Ich muss ehrlich sein. Nichts. Zumindest bis zum Ende Ihrer Probezeit. Es gibt die üblichen Zuschläge für Zeiten ab 23 Uhr.«

»In meinem Vertrag –«

»Ich weiß, Frau Heerdmann. Nur: Wir arbeiten hier mit Menschen. Auch ich bin gerade in einer Sondersituation. Wenn jeder nur Dienst nach Vorschrift macht, sind es Menschen, die darunter leiden. Ich wünschte, das System wäre ein anderes.«

»Wünschen hilft.«

»In Ihrem Vertrag konnten wir zum Beispiel leider auch nicht erfassen, dass wir Ihnen Kost und Logis zur Verfügung stellen. Auch ihrer Tochter. Sie macht sich hier gut, oder? Verstehen Sie mich nicht falsch, wir tun das gern.«

»Ich verstehe.«

»Wir sind ein Team. Ich weiß, dass bei Ihnen gerade einiges los ist, auch wenn Sie nicht über alles sprechen möchten. Trotzdem muss ich auf Sie bauen und mich auf Sie verlassen können. Kann ich das?«

»Das habe ich schon verstanden. Tragen Sie mich ein.«

»Danke. Und noch mal: Sie könnten hier gut weiterkommen. Seien Sie offen, denken Sie darüber nach. Dann sprechen wir auch noch einmal über Möglichkeiten und Tarife.«

»Sind wir durch?«

»Wir sind durch, Frau Heerdmann. Nur –«

»Wir sind noch nicht durch.«

»Nein, nein. Jetzt habe ich Ihnen gegenüber fast ein schlechtes Gewissen. Was ich doch schon jetzt für Sie hätte:

Im Februar bieten wir eine Kurzfortbildung im Haus an, Aromatherapie, zwei Nachmittage. Wenn Sie sich dafür interessieren –

Also gut. Danke, Frau Heerdmann.«

Die Bach hat ein System im Rücken, denkt Mascha. Wo keine Bach ist, ist eine Huhn. Wo kein Amt ist, sind andere Flure, andere Schreibtische, an die man sie wieder und wieder beordern kann. 3.000 Euro lang, denkt sie und lässt die Bürotür hinter sich zuschnappen. Heizung, Ferienlager, Fortbildung – vor allem eine Pause von den Notlösungen, um in Ruhe und ohne Metallgeschmack im Mund denken und Entscheidungen treffen zu können. Was sie jetzt 3.000 Euro lang tut, das hat nichts damit zu tun, wer sie ist und wo sie einmal sein wird, denkt sie, und es zieht sich in ihrer Brust zusammen.

»Na?«, fragt der Pfortenschlaks und legt sein Handy beiseite, als sie im Eingangsbereich zum Stehen kommt. Mascha kann sich nicht daran erinnern, den Weg bewusst eingeschlagen zu haben. Draußen klatscht der Wind nasse Blätter an die Schiebetür. Das übergroße Aquarium blubbert träge.

»Wo ist denn Ihre Tochter? Ich hab mit dem Fischefüttern gewartet, sie hilft gern dabei.«

Seine Haut sieht so glatt aus, sein Nacken, als würde er nach Waschmittel riechen. Mascha fühlt sich entsetzlich müde.

»Warum arbeiten Sie hier?«, fragt sie ihn.

»Wie bitte?«

»Wie sind Sie auf die Idee gekommen, sich hier zu bewerben?«

Der Schlaks zuckt mit den Schultern: »Ehrlich gesagt hab ich das gar nicht. Meine Mum hat mich vermittelt, das ist mein Wartesemester. Und Sie?«

Sein Blick ist freundlich, offen. Mascha sieht ihm an, dass er sich absolut nicht vorstellen kann, welche Antwort er bekommen könnte.

»Frau Heerdmann?«, ruft es vom Flur.

Sie zögert, schüttelt dann leicht den Kopf: »Langeweile.«

»Frau Heerdmann? Frau Heerdmann!«, ruft es.

»Komme.«

Hat sie einmal am lauschigen Tag,
zugestimmt und nicht weiter gefragt –
kommt die nächste Schicht.
So schnell geht die nicht,
sie wird bleiben mit Anschlussvertrag.

Enders
Struktur

Jeden Morgen schreckt Enders verschwitzt im Bett hoch und muss sich orientieren. Seit neun Tagen schläft er in der Residenz. Sind es schon zehn? Die Tage gleichen sich in diesem Zimmer, in das ihn Mascha gebracht hat. Knapp 14 Quadratmeter – nach dem Aufstehen geht er ein paar Mal leise darin umher. Der Raum ist ihm vertraut geworden: das viel zu weiche Bett, der Nachttisch mit integriertem Klapptisch, der Sessel mit integriertem Klapptisch, der Schrank, die Kommode, der Fernseher, seine Blechbox auf dem Fensterbrett. Bis auf einen Spalt, durch den er nach dem Wetter sehen kann, bleibt der Rollladen heruntergezogen. Eine Tür führt in ein winziges Bad; die andere, in der er von innen den Schlüssel stecken lässt, in die kaum genutzte Gemeinschaftsküche.

Anfangs hat Enders sofort stillgehalten, wenn er in den Nachbarräumen Bewegung gehört hat. Mittlerweile bleibt er entspannt. Von Mascha weiß er, dass die alte Schmiding im Nachbarzimmer schlecht hört. Sie glauben, dass sein Zimmer abgeschlossen und leer ist. Ich bin Staub, der sich auf die Möbel legt, denkt er, wenn er sich nach seinen paar Schritten wieder auf der Matratze zurücklehnt.

Geräusche geben seinen Tagen Struktur. Das erste kommt um kurz nach sieben aus der Einheit zu seiner Rechten, in der die schwerhörige Nachbarin wohnt. Für zwanzig Minuten rauscht die Dusche, dann für weitere zwanzig der Föhn. Gegen acht kommt die Pflegerin der Frühschicht an. Das »Guten Morgen!« beim Öffnen der Nebenzimmertür klingt bemüht munter und erschöpft.

Jeden Morgen beginnt nun ein Streit über Medikamente. Ist Mascha dabei, klingt es anders. »Wenn Sie schneller sterben möchten, nehmen Sie lieber alles auf einmal statt nichts«, hat er sie einmal vor seiner Tür sagen hören. In ihrer Nähe hat die erschöpfte Pflegerin kurz aufgelacht.

Manchmal hört Enders, wie Mascha sich allein im leeren Nachbarzimmer bewegt, ein Laken schnalzen, den Wasserhahn laufen lässt. Manchmal kommt die Pflegerin ihr nach und spricht mit ihr im Befehlston. Mascha antwortet knapp. Durch die Wand kann Enders hören, dass Maschas Augen dabei schmal werden.

Gegenüber wohnt eine Frau, die ihre Einheit nur selten und wenn, dann nachts, verlässt. Man hört, wie sich das Warmwasser in den Leitungen bewegt, wenn die Frühschicht bei ihr ist, und wie kurz darauf ein Aufstöhnen beginnt. Das Waschen bereite Frau Küff Schmerzen, Rheuma im fortgeschrittenen Stadium.

»Schon das Wachsein tut ihr weh. Nur beim Waschen traut sie sich, darüber zu stöhnen«, sagt Mascha.

Die Vormittage sind still. Enders sieht fern und setzt dabei die Kopfhörer schräg auf, sodass er mit halbem Ohr mitbekommt, was außerhalb des Zimmers vor sich geht: nichts.

Manchmal schafft Mascha es, vorbeizukommen und ihm etwas zu bringen, das vom Frühstück übrig geblieben ist.

»Stirbst du vor Langeweile?«, fragt sie einmal.

»Ach. Ich bin viel gewöhnt. Es ist warm hier, bequem. Will ja keiner was. Ich hab den Fernseher, ich kann mir meine Gedanken machen – war schon in genug Ecken, in denen ich es nicht so gut hatte.«

Eine Einzelzelle im Gefängnis misst acht bis zehn Quadratmeter, die Fenster lassen sich kaum einen Spalt klappen. Um 5:45 Uhr gehen mit dem Weckruf die Lichter an, um 6 Uhr morgens werden die Insassen aus der Zelle gelassen, Frühstück.

»Genauso reden sich die Alten die Sache hier auch schön. An den guten Tagen.«

Enders sieht sie von der Seite an. »Was hast du denn?«

»Arbeit.«

Neun Stunden dauert ein Arbeitstag in der JVA, inklusive Mittagspause. Eine bis zwei Stunden sitzt man in den Jahren danach jeden Monat im unbequemen Wartebereich des Amts. Der Geschmack der Bitten wartet schon im Mund, bevor man aufgerufen wird. Enders setzt an, etwas dazu zu sagen.

»Ist gut«, sie winkt ab.

Mascha arbeitet morgens, mittags, manchmal auch abends, nachts – unregelmäßig und viel. Enders hat längst den Überblick verloren, wann sie frei hat.

Um kurz vor zwölf kommt ein Lieferwagen mit dem Essen, die Pflegerinnen verteilen es. Die Frau von schräg gegen-

über bekommt ihre Mahlzeit auf das Zimmer. Eine Pflegekraft schiebt einen Tablettwagen durch die Küche, klopft
bei ihr, sagt etwas, geht – kommt etwa eine Stunde später
mit dem Wagen zurück, klopft, sagt etwas, klappert, geht.
Um die Mittagszeit passt Enders, wenn es sich ergibt,
einen Moment ab, um den Komplex zu verlassen. Mascha
hat ihm eine schmale Mitarbeitertür im Treppenhaus gezeigt, die immer angelehnt ist. Draußen spaziert er zwischen den Gärten und kahlen Feldern umher und raucht
ein paar Zigaretten. Seine Jacke ist zu leicht für den Januar,
er muss in Bewegung bleiben. Er hat sich eine feste Runde
angewöhnt: Den Fahrradweg entlang in Richtung Tennisplatz, wo es einen Zigarettenautomaten gibt – noch hat er
Tabak und Geld für zwei Schachteln, dann weiter bis zu
einer Gabelung. Hier kann er wählen: der Landstraße folgen zur Stadt oder den Feldweg entlang zum Wald und in
einer weiten Kurve zurück zur Residenz. Er bleibt stehen,
denkt an ummauerte Innenhöfe mit Tischtennisplatten, an
das Ikea-Parkdeck, an den geschlossenen Stern, an Grunja
mit ihren Enkeln, an Maschas Kleine, wie sie den Ranzen von sich schleudert – wenn er zu sehr friert, muss er
sich entscheiden und geht weiter. Jedes Mal wählt er den
Feldweg, folgt ihm zum Waldrand, bis zur Residenz, um
zu Beginn der Besuchszeit zurück zu sein, zu der er durch
den Haupteingang gehen kann. Windner, Mindelberg –
er hat von Mascha Namen, die er nennen könnte, sprä-
che ihn hier jemand an, der Pförtner aber schaut kaum je
von seinem Handy auf.

Noch im alten Jahr hat er sich schnellstmöglich zurück
auf sein Zimmer geschlichen. Mittlerweile lässt er sich

Zeit. In einer Küche, im Stockwerk unter seinem Zimmer, steht am Nachmittag oft die Tür offen, dahinter sitzen zwei Frauen an einem Tische.

»Rudi!«, eine von ihnen, rundlich, mit fedrigen weißen Haaren und schmalen Gummischläuchen im Gesicht, hat einmal atemlos nach ihm gerufen.

»Das ist nicht Rudi«, die Zweite, hager, in einem blauen Morgenmantel aus Satin, ist ihr ins Wort gefallen.

»Rudi!«, hat die Erste unbeirrt wiederholt.

Enders ist ihrem Ruf gefolgt. Hilfesuchend hat die rundliche Frau den Blick ihrer Gefährtin gesucht, als er, sich über den Nacken streichend, in der Küche stand.

»Tut ihr leid«, hat die Hagere erklärt, »sie hat Sie mit dem Sohn verwechselt. Zu wem gehören Sie?«

»Ich? Bin nur so da, hab frei.«

»Aha? Gut. Setzen Sie sich.«

Auf dem Tisch stand ein Teller mit goldbraunem Blätterteiggebäck, dazu frischer Kaffee. Kaum hat er sich niedergelassen, haben die Fragen begonnen: »Was sind Sie von Beruf? Harte Arbeit?«

»Ich war auf See. Jetzt kommt es drauf an.«

Enders hat schnell bemerkt, dass seine Antwort, egal wie sie ausfällt, nur das Sprungbrett für ihre eigene Geschichte ist.

»Ich war bei Mercedes in der Fertigung. Für meine Buben hab ich jeweils ein Jahr Pause gemacht, mehr nicht. Beide sind Ingenieure heute. Hab mich nie gedrückt, wir hatten es immer gut. Sind Sie verheiratet?«

»Nein.«

»Drei Männer hatte ich. Zwei hab ich rausgeworfen, einen überlebt. Haben Sie Kinder?«

»Nein, keine. Meine Liebe hat eine Kleine.«
»Ich habe zwei Söhne, beide viel unterwegs. Ich hab sie
gut groß bekommen, obwohl ich immer gearbeitet habe.
Beides Ingenieure. Ich hab mich nie gedrückt, wir hatten
es immer gut.« Als die Rundliche bemerkt hat, wie unbefangen ihre
Freundin mit ihm plaudert, hat sie ihm ihren Teller mit
Gebäck hingeschoben.
»Iss, Rudi, schmeckt sehr gut.«
»Danke. Sehr nett. Danke.«
Enders ist wiedergekommen. Einmal, zweimal. Jeden
Nachmittag sitzen sie wieder dort, immer zu zweit. Die
Fragen wiederholen sich. Die Antworten, die ihn anfangs
Überwindung gekostet haben, fallen ihm nun immer leichter. Sie haben keine Konsequenz. Er freut sich auf den
Moment, in dem die Schüchterne der beiden ihren Teller
herüberschiebt, selbst wenn das Gebäck darauf gelegentlich angebissen ist.
»Iss Rudi, iss nur.«
»Das ist nicht Rudi. Haben Sie Kinder?«
»Danke, sehr nett. Sagen Sie ruhig Rudi. Nein, keine.«

Um kurz vor halb sechs hört er wieder den Tablettwagen,
Abendessen. Eine Pflegerin klopft an der Zimmertür schräg
gegenüber, sagt etwas, geht. Sie kommt etwa eine Stunde
später mit dem Wagen wieder, klopft, sagt etwas, geht.

Um kurz vor acht kommt Mascha, manchmal mit der
Kleinen, und bringt ihm etwas zu essen mit. Sie und das
Kind sind in einer Zweizimmereinheit im Hauptgebäude
untergebracht. Sein Zimmer im Nebengebäude liegt

ruhiger. Frau Schmiding ist meist wieder auf ihrem Zimmer, also bemühen sie sich, leise zu sein, bewegen sich wie auf Watte. Sie haben ein Handtuch auf den Nachttisch gelegt, damit beim Abstellen darauf nichts klappert. Die Toilettenspülung betätigen sie erst nachts.

Ist das Kind dabei, spielen sie flüsternd eine Weile Karten auf dem Boden. Enders lässt das Mädchen gewinnen.

»Mach das nicht, sonst lernt sie nie«, sagt Mascha.

»Beim Spielen muss sie doch nicht traurig werden«, antwortet er.

Die Kleine runzelt die Brauen: »Du wirst selber traurig. Ich gewinne auch, wenn du echt spielst.«

Wenn sie verliert, drückt sie ihr Gesicht fest an Maschas Bauch.

»Leise, Mücke, leise bleiben. Verlieren kommt vor.«

»Ich mag nicht mehr«, fiept sie in Maschas Pullover.

»Wenn du dich anstrengst und Glück hast, gewinnst du auch mal wieder«, antwortet Mascha und schiebt sie sanft von sich weg.

Enders kann die Kleine nicht so sehen: »Lassen wir das doch. Spielen wir morgen wieder.«

Sie setzen sich zu dritt auf das Bett und schalten einen Trickfilm ein. Das Kind bekommt die Kopfhörer. Mascha schließt die Augen und lehnt sich an seine Seite.

»Harter Tag?«, flüstert er.

»Anstrengend.«

»Ist ja nur vorübergehend.«

»Ich weiß.«

Ist die Kleine nicht dabei, sitzen Mascha und er auf der Sessellehne, rauchen aus dem Rollladenspalt und flüstern sich von ihren Tagen zu. Sie hält sich kurz – Frau Küff von gegenüber und ihr Rheuma, die Kleine, wie sie eine Küche unter Wasser setzt, die Gerüche der Verbände, die Bezahlung pro Schicht. Er erzählt vom Lauschen, manchmal vom Spazieren, vom Fernsehprogramm und davon, dass es guttut, sich auszuruhen, eine Weile. Sie hebt einen Mundwinkel. »Du weißt auch, dass das nur vorübergehend ist?«

Manchmal, wenn Mascha das Mädchen im Hauptgebäude ins Bett gebracht hat, kommt sie wieder und legt sich zu ihm auf die schmale, viel zu weiche Matratze, ihr Rücken gegen seinen Bauch. Er bleibt wach, will nicht, dass wieder geschieht, was ihn in der ersten Nacht hier eingeholt hat. An ihrem Atem hört er, wenn sie eingeschlafen ist. Er denkt an das Meer im Morgengrauen, weit und einsam, und riecht an Maschas Haaransatz.

In der Nacht noch muss sie zurück, da sein, falls die Kleine wach wird. Sie berührt sanft seine Arme, sein Gesicht, wenn sie gehen will. Enders tut, als würde er aufwachen, steht auf, bringt sie zur Tür. Sie küsst ihn auf das Kinn. Er schließt hinter ihr ab und lässt von innen den Schlüssel stecken. Dann, wenn es gelingt, schläft er bis zum nächsten Aufschrecken am Morgen.

Tinka
Hüterin

Die Fische im Riesenaquarium langweilen Tinka, obwohl sie glitzern wie das Haar ihrer Nixenbarbie. Über den Flur kann sie eine alte Frau jammern hören und den Mann von der Krankengymnastik, der immer im gleichen Tonfall wiederholt: »Sie schaffen das. Sie schaffen das. Sie schaffen das.«

Tinka weiß, dass sie nicht allein ans Fischfutter darf, aber Pfortenmichi, am Empfangtisch hinter ihr, tippt so konzentriert auf seinem Handy herum, dass er nichts merkt. Sie nimmt die Futterdose und streut ein paar Flocken auf die Wasseroberfläche. Die Fische interessieren sich nicht dafür. Sie streut noch mehr. Die Fische gucken weiter nur dumm glitzernd durch die Gegend. Tinka drückt die Wange an die Scheibe. Am Empfangtisch dreht sich Pfortenmichi langsam auf seinem Schreibtischstuhl im Kreis.

»Hast du auch Spiele?«, fragt Tinka.

»Auf dem Handy? Keine Ahnung.«

»Ja oder nein?«

»Sudoku, glaub ich.«

Sie geht zu ihm rüber. »Keine echten Spiele? Spielst du gar nicht?«

»Gerade? Nö, ich schreibe. Mit Freunden.«

»Ich hab auch eine Freundin. Jasmin.«

»Cool«, macht Pfortenmichi und tippt weiter.

»Aber noch kein Handy.«

Pfortenmichi nickt.

Mit dem angeketteten Kuli malt Tinka auf einem Prospekt herum, auf dem der Eingang des Heims zu sehen ist. Die Farben auf dem Bild sind zu bunt, es gibt keine Taubenstacheln auf der Mauer. Ein Mann ist abgebildet, der einer Frau das Gittertor aufhält, beide lachen. Obwohl sie graue Haare haben, sehen sie jünger und glatter aus als die Leute, die hier wohnen.

»Wie alt muss man sein, um das Tor benutzen zu dürfen?«

Pfortenmichi hebt den Kopf. »Wie meinst du?«

»Draußen, das Tor. Mama darf, ich nicht. Herr Tomsonov, Lore und so auch nicht.«

»Das hat mit dem Alter nichts zu tun. Also, nicht nur. Manche verlaufen sich, wenn sie allein auf die Straße gehen.«

»Warum?«

»Sie checken das nicht mehr.«

»Und wenn jemand dabei ist?«

»Wenn jemand aufpasst, dürfen sie raus. Von hier hat aber nicht so oft jemand Zeit.«

»Warum?«

»Weil zum Beispiel gleich das Abendessen kommt. Sollen wir nicht vorher mal die Fische füttern?«

Mascha
Blut

Rostbraune Schlieren, ein Marmor, ein wildes Muster: Es hat das Laken erobert, den Nachttisch, auch die Latexfarbe an der Wand. Nasenblut. Die schwere Alte, Lore, sitzt im Bett, im Zentrum dieser Schlieren. Sie muss um sich gegriffen haben, kein Taschentuch in Reichweite, sich durchs Gesicht gefahren, dann die Arme ausgestreckt haben, mit beschmierten Fingern getastet, und nichts gefunden haben als die Wand, den Nachttisch, das Laken, spät erst den Lichtschalter. Lore wendet sich ab, versucht mit den Händen das Gesicht zu verbergen, in dem die schwarzbraun verklebten Schläuche ihres Atemgeräts enden: »Bleiben Sie weg!«

Nasenbluten komme bei Lore vor. Trinke nicht genug, Gefäße, Sturheit. Es sähe schlimmer aus, als es ist. Flach atmen, wenn mal alles viel wird, hat die strubbelige Nowak gesagt, sich vorstellen, man sei am Strand.

Mascha saugt die Luft tief ein: süßlich, leicht metallisch – ein Geruch von einem Menschen, der geschwitzt, geblutet, Angst hat. Den Waschlappen in ihrer Hand, nass und so kühl es geht, will sie Lore in den Nacken legen. Die jedoch weicht aus, dreht sich im viel zu weichen Pflegebett zur Wand hin: »Nein, weg mit Ihnen!«

»Ich gehe jetzt nicht. Keine Angst.«

»Weg!«

»Das ist nur Blut. Passiert mal. Das ist okay.«

»Weg!«

Mascha versucht es von schräg oben, sucht eine Lücke in ihrer Abwehr, versucht ihr die Flecken von der Wange zu wischen. »Nein!«, Lore drängt sich noch weiter zur Wand hin.

»Das ist okay!«

»Nein, weg!«

Die Nowak würde diskutieren. Dann Verstärkung rufen, selbst jetzt in der Nacht: Frau Bach herbeiholen, Verwandte, einen Arzt sogar, wenn sich einer kriegen lässt – viele Hände gleichzeitig, die einen geballten Menschen entknoten sollen. Mascha atmet tief aus. Legt den Waschlappen auf dem Nachttisch ab. »Sieht nur schlimm aus. Wir schaffen das.«

Lore antwortet nicht. »Hilfe!«, ruft sie plötzlich.

»Ich will ja nur helfen.« Der Satz schmeckt wie Kissenfüllung. Mascha lässt ab.

»Hilfe!«, ruft die Alte lauter.

»Ist gut. Ich lasse Sie.« Mascha geht einen Schritt zurück.

»Hilfe! Hilfe!«

»Ich lasse Sie doch!«

»Hilfe!« Lores schwerer Körper beginnt zu ruckeln. »Hilfe, Hilfe.« Sie weint.

»Ist doch schon gut.« Mascha unterdrückt den Impuls, der Frau gleich wieder an die Schulter zu fassen, stattdessen reibt sie sich selbst das Gesicht. 3.000 Euro lang, Nachtzuschlag, anderthalb Stunden sind es noch bis zur Übergabe. Sie wendet sich der Tür zu, nimmt schon die Klinke, doch kehrt noch einmal zurück an das viel zu weiche Pflegebett: »Wirklich, ist gut. Soll ich gehen? Jemanden holen?«

Lore schüttelt den Kopf, ihr Körper ruckelt weiter, ihr Atem gurgelt an den Schläuchen vorbei. »Hilfe.«

»Ich weiß nicht?«

Die Alte streckt die Hand nach Mascha aus. »Bitte.«

»Ich weiß wirklich nicht.« Mascha blickt zur Tür.

»Ich will nach Hause, bitte.«

»Das geht nicht. Das geht leider nicht. Wir wohnen jetzt erst mal hier.«

»Ich habe doch nichts getan. Nach Hause, bitte.«

»Da kann ich nichts machen. Wirklich nicht. Hier ist es, also –«

»Ich habe doch gar nichts getan.«

»Es ist doch okay hier. Und wenn es hier schön genug ist?«

»Nein. Bitte. Nur nach Hause, ich möchte nach Hause.« Lore packt Maschas Arm, zieht sie eng an sich heran und hält Mascha fest. »Bitte.«

Sie sollte jemanden holen. Die Nowak, die Bach. Mascha reißt sich frei. Enders, denkt sie, Enders, und lässt die Tür hinter sich zuschlagen.

Vom Flur her kommt träge eine Pflegerin, die Mascha kaum kennt, sieht sich in der leeren Küche um und fragt: »Alles in Ordnung?«

Mascha schüttelt den Kopf. Ein Tröster, denkt sie, mein Tröster, Enders.

Sie findet sein Zimmer leer, das Bett zerwühlt – und hört seine Stimme aus dem Fernsehraum über den Flur:

»Deine Freunde sind die Sterne
über Rio und Shanghai
über Bali und ...«

Die Tür ist angelehnt, sie schiebt sie einen Spalt auf. Von schräg hinten kann sie ihn da sitzen sehen, in der Sofalandschaft. Bläulich beleuchtet ihn das Licht aus dem Fernseher, aus dem kein Ton kommt. Er ist nicht allein. Neben ihm sitzt eine Bewohnerin, Frau Küff, die kaum mehr schläft, morgens beim Waschen stöhnt, die Tabletten in die Büsche spuckt und fast immer einen Gesichtsausdruck hat, als würde sie kurz vorm Spucken innehalten. Sie sieht friedlich aus, lehnt sich zu ihm hin: »Hawaii«, stimmt sie mit rauer Stimme ein. Er nickt, singt weiter:
»Deine Liebe ist dein Schiff ...«

Erst als Mascha im Keller die geknackte Tür halb hinter sich zuzieht, es nach Staub riecht und nicht mehr weitergeht, kann sie stehen bleiben.

Sie knipst ihr Handy an, legt es auf einem rostigen Gestell ab. Mit dem Fuß schiebt sie das Brett beiseite, das den Bohrhammer verdeckt – Hilti – hebt die Maschine auf und freut sich an ihrem Gewicht. Zwischen ihr und allem eine dicke Mauer.

Dann lässt sie den Bohrhammer donnern, Dreck und Steinchen wieder um sich flitzen. Immer wieder muss sie ablegen, einen besonders großen Sandsteinbrocken beiseite hieven, einen kleineren, Geröll. Das Loch in der Wand hat schnell beachtliche Ausmaße angenommen, schulterhoch bis zum Boden ist die Mauer zerschlagen. Dahinter dunkle Erde: Sie greift hinein, räumt Steine heraus. Die Anstrengung tut gut. Sie legt die Maschine ab und beginnt ohne zu graben. Ihre Hände allein reichen bald nicht mehr aus, deshalb bricht sie einen Boden aus einem alten Regal, sticht damit in die Erde und kommt besser voran, auch wenn er sich schlecht greifen lässt. Sie schwitzt. Nach einer Weile findet sie einen Rhythmus. Die Bewegung ist alles. Immer den nächsten Stich in die Erde.

Eine Stunde, eine halbe, zwei – sie weiß nicht, wie lange sie gegraben hat, als sie sich schließlich erschöpft in ihr Loch setzt, den Rücken in die weiche Erde drückt. Im Handylicht sucht sie herum, das Sitzen allein reicht ihr nicht – und findet Flecken an ihrer verschwitzten, erdigen Pflegekleidung, die ihr noch zu weiß ist, die sie in aller Ruhe mit Erde und Spucke bearbeiten kann, bis sie das Weiß verschwinden lässt. Noch eine Stunde, eine halbe, zwei, in dieser Ruhe.

Dann summt das Handy auf, das Licht erlischt.

Tomsonov
Verwandtschaftsbesuch

»Wenn es hier für dich gar nicht passt, suchen wir dir etwas anderes. Du musst nur mit mir sprechen, Papa.«

»Ist gut, sorgst du dich nicht. Nicht kümmern, nicht sorgen.«

»Tut mir leid, dass ich es über die Feiertage nicht geschafft habe. Wirklich.«

»Tannenbaum dran, Tannenbaum ab. Was solls.«

»Es tut mir leid.«

»Muss es nicht. Bring mir nur mein Auto.«

»Papa.«

»Was?«

»Ich kann dich fahren, wenn du mir sagst, wohin. Wir haben heute den ganzen Tag. Auch morgen noch, wenn du willst. Ich übernachte bei Karsten in der Stadt.«

»Du musst dich nicht sorgen. Bring mir nur mein Auto.«

»Ich kümmere mich um ein neues Armband für die Tür für dich. Wir können später auch den Bus nehmen, dann siehst du noch mal, wo er abfährt. Nimm einfach in Zukunft dein Handy mit, wenn du allein bist. An der Pforte können sie dir mit dem Fahrplan helfen.«

»Bin ich nicht dumm.«

»Natürlich nicht. Darum geht es nicht.«

»Habe ich uns fast zweitausend Kilometer gefahren. Im Sommer. Immer sind wir gut angekommen. Auch als ich dafür auf dem Nebenstreifen die Reifen wechseln musste.«

»Auf der Autobahn. Daran erinnere ich mich, glaub mir.«

»Warum bringst du mir dann nicht das Auto?«

»Das weißt du selbst.«

»Ist doch nix passiert.«

»Na ja.«

»Sorg dich nicht. Hast ja anderes zu tun. Besseres.«

»Natürlich mache ich mir um dich Sorgen.«

»Will ich nicht.«

»Hat auch nichts mit Wollen zu tun.«

»…«

»Sag mal, warum ist es hier so dreckig? Draußen, die Küche ist doch sauber. Richtige Erdklumpen hier. Reinigen sie die Zimmer nicht?«

»Geht dich nichts an.«

»Papa. Du siehst müde aus.«

»Du auch.«

»Kann sein.«

»Energiegetränk, willst du?«

»Woher hast du das denn?«

»Bringt mir die neue Pflegerin.«

»Wirklich? Na gut. So schlimm kann es hier ja nicht sein. Oder? Bisschen Erde ist doch egal. Oder?«

»Ich bin müde.«

»Na ja, bei dem Zeug. Wie viel trinkst du davon? Und Wasser? Schläfst du nicht gut?«

»Musst du nicht gehen?«

»Papa.«

»Was, was. Genug gesorgt. Geh und komm wieder mit meinem Auto.«

»Ich bin eben erst gekommen.«

»Ruhst du dich eben aus in der Stadt und fährst zurück.«

»Ich bin hier, weil ich bei dir sein will.«

»Und ich will meine Ruhe.«

»Das ist jetzt nicht fair.«

»Darf ich denn noch was wollen?«

»Echt nicht fair. Wenn dir das aber wirklich lieber ist – ich kann erst zu Karsten. Und später noch mal wiederkommen.«

»Rufst du lieber an.«

»Ich komme später.«

Tomsonov
Erdreich

Hier ist er nun, das Loch ist gewachsen. Tomsonov kann sich daran erinnern, als da noch Wand war, das ist nicht lange her. Jetzt frisst es sich schon in die Erde dahinter. Im Rauminneren an den Seiten türmt sich der ausgehobene Grund. Einen Schritt kann man in das Dunkel hingehen, drei Schritte weit kriechen. Seine pochernde Hüfte, sein Rasseln in der Lunge, das muss er vergessen, eine Weile.

Er kniet und gräbt: Mit der Schaufel drei Stiche in die Erde, Pause, zwei Stiche, dann kratzt er schwach herum, Pause. Kratzt weiter, sticht und kratzt.

»Du wirst nie mehr schneller. Das geht einfach nicht mehr.«

Und ob das geht! Statt der Schaufel nimmt er seine schwere Pfanne, hackt auf die Erde vor sich ein, setzt ab, und spürt, dass es doch nur noch in Momenten zwischen Langsamkeit geht.

Seine Tochter hat angerufen – gestern, letzte Woche, vor einem Jahr – nein, nicht am Telefon, sie war hier. Er wollte nicht, dass sie ihn hier sieht. Er wollte sie noch einmal fahren, ihr die gewaltigen Wohnblocks zeigen, deren Kanten den Stadtrand brachial gegen die Landschaft abheben und die so hellhörig sind, dass man das Atmen der

Nachbarn hört. Hier bist du geboren, von hier mussten wir weg. Sie würde sehen und verstehen.

»Du kannst nicht mehr fahren.«

Statt des Autos hat sie ihm die Kekse gebracht, die seine Exfrau einmal gerne aß, einen Schlafanzug, einen Wein und neue Hausschuhe.

»Bring mir eine Schaufel!«

»Wirst du jetzt dramatisch?«

»Was? Bist du kaputt? Für die Gartengruppe.«

Die Hilti im Keller ist verschwunden, man hat sie ihm genommen, aber der Pförtner hat ihm, wann nur?, ein Paket von seiner Tochter gebracht, Gartenschäufelchen. Im Bad hielt er sie versteckt, bis er sie in einer Nacht in den Keller geschleppt hat, zusammen mit seiner gusseisernen Pfanne – als Gezähe muss das reichen.

Er legt die Schläfe an die Erde. Wie damals die Straße vibriert hatte, als Lastwagen an ihnen vorbeigedonnert sind, seine Tochter und seine Frau hinter der Leitplanke, er mit dem Wagenheber auf dem Standstreifen davor. Er ist einen Umweg gefahren, ohne es ihnen zu sagen, nah an den Wohnblöcken vorbei, aber gerade weit genug weg, um sie nicht sehen zu müssen, dann wollten sie weiter, zu Verwandten seiner Exfrau aufs Land. Das ist lange her.

Noch einmal, er muss zurück, er muss seine Tochter noch einmal hinbringen, um ihr zu erzählen, das man nicht zu still sein durfte in den Blocks. Nein, bei Stille haben sie noch genauer hingehört – was man sagt, laut genug, muss man unter Kontrolle behalten. Es bleibt, etwas im Polster zu verstecken, in einer Geste, in Flötenarrangements. Aber wie kann man das jemandem verständlich machen, am Telefon, ohne zu fahren, ohne noch einmal dort zu sein?

Er kriecht rückwärts aus dem Loch, will sich vor dem Durchbruch an die Wand lehnen, ein wenig aufrecht sitzen – da funzelt es ihn stechend von der Tür her an.

»Hey«, die neue Pflegerin.

Er hustet und seufzt.

»Du auch?«, sie kommt heran, er weicht aus. An ihm vorbei greift sie nach einer Plastikplane: »Der Bohrer – ich habe ihn besser versteckt und auch etwas besorgt«, zeigt ihm seine Hilti darunter.

»Machst du aus!«

»Das Licht? Besser so?« Sie nimmt ihre Lampe von der Stirn und schiebt sie in ihre Brusttasche, sodass der Stoff das Funzeln dimmt.

»Ja, gut«, er atmet auf. »Lässt du mein Werkzeug in Ruhe.«

»Tut mir leid. Da drinnen kommt man damit aber auch nicht weiter.«

»Hab ich Schaufeln.«

»Gut.«

Sie schiebt ein altes Schränkchen in Richtung Loch. »Soll ich weitermachen oder willst du?«

»Gerade Pause.« Er reicht ihr eine der winzigen, spitzen Gartenschaufeln.

Die neue Pflegerin gräbt. Sie sticht auf die Erde ein, gleichmäßig, in einem Rhythmus, füllt nach einer Weile das Schränkchen mit Erde und schiebt es ihm entgegen. Er nimmt es an, so gut es geht, schüttet es neben der Wand aus.

»Hast du ein Auto?«

»Keinen Führerschein. Noch nicht. Sonst wär ich nicht hier.«

Er nickt.

»Einfach geradeaus graben?«, fragt sie.

»Nach unten, nach draußen.«

»Gut.« Sie gräbt, gräbt weiter.

Als sie später gemeinsam in seinem Zimmer sitzen –
sie auf dem Bett, er in seinem Sessel – zieht er eine seiner
Weinbrandflaschen aus dem Polster. »Du auch?« Er öffnet dazu eine Dose seines Energiegetränks.

Sie lächelt: »Warum nicht?«

Draußen vor seinem Fenster stört eine Elster die Nacht.

Er dreht den Kopf, hört hin – und merkt, dass auch sie
den Kopf dreht und lauscht.

Mascha
Grund

Heute geteilter Dienst, unbeliebte Pflicht. Mascha nimmt sie an, um nicht erneut ins Büro zitiert zu werden. Die Bach schweigt, wenn die Pflegerinnen flüstern, was das solle, so lange, mit ihr hier und dem Kind. Die Nowak in ihrer Strubbeligkeit macht alles schlimmer, wenn sie Mascha beiseite nimmt und ihr sagt, sie habe von der Nacht neulich gehört und könne die alte Windner für sie übernehmen, ausnahmsweise. Mascha macht sich extra gerade, ach-wast ihr ins Gesicht und lässt sich ihr Zögern nicht anmerken.

Lore Windner spricht kaum mehr und verkrampft, als sie ihr beim Umziehen hilft. Das Knacken der Nähte, das Schnaufen der Frau. Mascha schließt die Augen, will Wellen beschwören, Weite. Die Zimmer sind so eng hier. Die engen Berührungen. Haut, so viel Haut, so viel Haare, so viel –

»Frau Heerdmann, ein bisschen Tempo, ja? Gleich kommt die Physio, dann muss sie fertig sein.«

Die alte Schmiding im blauen Morgenmantel hat im Erdgeschoss eine Kanne dünnen Kaffees über den Tisch geschüttet, nur damit jemand eine Weile in ihrer Nähe ist, so lange Lore nicht bei ihr sitzen kann.

»Meine Söhne sind beides Ingenieure. Viel unterwegs. Haben Sie Familie?«

Mascha putzt schweigend. Ihre Muskeln schmerzen und erinnern sie ans Graben.

Um Viertel vor eins kommt Mascha los vom ersten Teil der Arbeit. Sie legt auf dem Zimmer rasch den weißen Kittel ab, den Pullover an, damit man ihr die Pause ansieht, sucht dann ihre Tochter. Das Kind saust mit einem Rollator im oberen Stockwerk den Flur entlang, die Haare zerzaust, die Nase im Vergnügen gekräuselt. »Ich hab gefragt. Ich bring den später wieder.«

»Fahr niemanden um.« Sie hält die Tochter an, zieht den eben angelegten Pullover wieder aus und schlingt ihn vorn um das Rollatorgestänge, damit keine Spur bleibt, falls gegen Wände gesaust wird.

»Bring den Pulli später mit aufs Zimmer«, sagt sie, ihre Schultern bloß bis auf die Träger ihres verwaschenen Baumwolltops, »und pass auf, Frau Bach ist heute im Büro.«

»Ich fahr eh nur oben. Arbeitest du?«

»Ich hab zu tun, Mücke.«

»Mir ist langweilig.«

»Siehst nicht so aus.«

Ihrer Tochter geht es gut. Sie spielt, sie flitzt durch die Flure, spricht mit roten Wangen von Langeweile. Einen Kuss auf die verschwitzte Kinderstirn gesetzt – »Wenn du Hunger hast, unten in der Küche steht was. Ich komme später«, und Mascha kann weiter. Genau drei Schritte weit.

Die Kleine lässt ihr Gefährt zurück und klammert sich an ihre Hüfte: »Wann?«

»Später. Heute arbeite ich lange, aber schau immer wieder bei dir vorbei. Ich muss weiter.«

»Nein«, Tinka hält sie fest, stemmt sich gegen ihre Bewegung, »du musst bleiben.«

»Mücke, das geht jetzt nicht.«

»Warum hast du nicht das Weiße an? Du arbeitest nicht.«

Mascha bleibt stehen. Das Mädchen ist schlau. Sie fährt ihr durch die Haare, über die Brauen. »Du beobachtest gut. Ich habe aber trotzdem zu tun.«

»Was zu tun?«

»Du findest doch was. Geh doch später mal an die Pforte und frag nach den Kramkisten. Da sind Sachen, die Leute vergessen haben. Kannst dir was aussuchen, wenn du es geschickt anstellst.«

»Nur, wenn du mitkommst.«

»Mücke, ich komme später. Du beschäftigst dich hier noch ein bisschen.« Sie legt Strenge in die Stimme und nimmt die Kleine bei den Schultern: »Es reicht.«

Ihre Tochter schmollt. Bevor Mascha den Flur hinunter um die Kurve geht, dreht sie sich noch einmal um und bemerkt, wie der Blick ihrer Tochter bis zum letzten Moment an ihr haftet.

Zum Trösterflur: Die Mittagstour mit dem Tablettwagen ist nur ein paar Türen weit entfernt. Durch die Gemeinschaftsküche sieht Mascha seine geschlossene Tür. Er muss da noch sein, noch Geheimnis, obwohl er nachts umhergeht, bei der alten Küff sitzt und am Morgen darauf kein Wort davon sagt. Warum? Mascha bringt es nicht über sich, es anzusprechen. »Stirbst du vor Langeweile?«, hat sie stattdessen gefragt, als er sie von der Seite angesehen hat, am Bettrand sitzend – und sie hat das erste Mal gedacht, dass er alt aussieht, wenn er so stillsitzt, stillhält in dem, was ihm geschieht. Sie könnte jetzt hin, klopfen und eine Weile bleiben, während gegenüber bei Frau Küff das Tablett abgetragen wird. Sie könnte ihn necken, damit er sich regt und im Sich-Regen Geräusche entstehen. Damit sie die Gefahr ist, die das Geheimnis lüften kann, keine Alte im Fernsehschein. Nicht jetzt. Bald wird Enders draußen seine Runde gehen, und sie wird am Abend hören, wie es war. Muss weiter.

Der alte Tomsonov streift im Innenhof um das Eisentor und lauert darauf, dass es sich einen Spalt auftut, durch den sie ihn entwischen lassen, Besucher, Lieferdienste, dass jemand kommt, damit er gehen kann.

»Da kommt niemand. Nicht jetzt. Geh mit rein.«

»Wenn doch?« Er lehnt an der Mauer und studiert durch die Gitter den Boden auf der anderen Seite. Dreht nicht mal den Kopf nach Mascha.

Sie reibt sich die Arme warm: »Wenn ich dich jetzt rauslasse, wo willst du hin?«

»Geht Sie nichts an.«

»Siezt du wieder? Ich geh runter. Jetzt. Ich mach weiter.«

Eine Spannung fährt durch seinen Körper, als sie das sagt. Er hebt den Blick, dreht sich und beäugt die Pforte, dann auf der anderen Gitterseite die Straße und das kahle Feld in Richtung Stadt. Er schüttelt den Kopf, schiebt sie unwirsch von sich fort. Sie sieht ihm noch einmal nach, aber geht.

Der Keller, ja, ihr Keller, ihr Reich – und es ist ein Reich, das sie erweitern kann, auch wenn sie allein ist, auch wenn es schwer ist, auch wenn dabei Blasen an ihren Händen wachsen.

Warum sie gräbt?

Um nicht darüber liegen zu bleiben. Wie jeden Morgen die alte Küff unter Maschas Berührungen stöhnt, wie sie sich jeden Morgen halbnackt und vor Anstrengung zitternd am Waschbecken abstützt und vor Schmerzen aufstöhnt, wie Mascha sie mit einem Arm sichert, mit dem anderen wäscht, in dieser pragmatischen Schmiegung. Wie sie dabei den Widerwillen der alten Frau spürt. Wie auch Mascha nicht will, jeden Morgen wieder, aber nur eine Viertelstunde hat mit ihr – und man in einer Viertelstunde nicht zögern oder überlegen kann, ob man will oder nicht. Wie es auch morgen geschehen wird und übermorgen. Wie sie doch auch weiterhin ihre Tochter umarmen können will.

Um nicht zu denken. Wie gut geht es dem Kind wirklich hinter roten Wangen? Wie gut dem Tröster und seiner Kraft, still sitzend hinter einer Zimmertür?

Um zu spüren. Zu beobachten, dass da etwas kuscht, und wenn es nur Dreck ist. Platz macht, weil sie etwas tut. Gestern sah es hier unten anders aus, jeden Tag kommt sie weiter. Ein Loch in der Wand, das trichterartig zuläuft. Vier Schritte gebückt in die Erde, fast sieben auf Knien, dann drei gekrochen. Das Handylicht leuchtet von schräg unten. Mascha hackt vor sich auf das Dunkel ein, packt, wenn genug gelockert ist, händeweise Erde hinter sich in das gekippte Schränkchen. Gefüllt schiebt sie es mit den Füßen zurück in den Teil, in dem man sich halb aufrichten kann, zwängt sich daran vorbei, zieht es heraus. Wäre Tomsonov da, er würde es entgegennehmen, im Kellerraum leeren, es wieder an sie heranschieben. »Grab weiter, grab nach schräg unten, geradeaus«, würde er sagen, und ihr gefällt, dass er eben nicht stillhält, dass er etwas will. »Grab weiter«, denkt sie sich in seiner Stimme, wenn sie allein gräbt. Wie weit? Weiter.

Doch dann gibt nichts mehr nach: Jeder Schaufelstich trifft Grenze, trifft Wand. Sie hackt, sie schabt – kein Stein, der sich mehr hebeln lässt, rostiges Metall senkrecht vor ihr. Was das ist? Sie sticht die Seiten ab – Metall, eine Platte mit schartigen Rillen. Nach oben und unten nichts anderes, eine metallene Wand. Mascha sticht hektischer und spürt es nur erneut und immer wieder: Grenze, Wand. Bis hier hin. Sie versucht es nach oben hin, lässt Erde rieseln – Wand – sticht in die Seiten – Wand, wie groß, wie fest, wie kann sie vorbei? Erde in ihren Haaren, im Mund, sie reibt sich die Augen, Erde zwischen ihren Fingern und vor ihr Metall, Metall, Metall. Mascha schiebt die Erde mit beiden Händen hinter sich, ohne das Schränkchen zu befüllen, ungezielt, nur aus dem Weg, um sich etwas aufzurichten und mehr Hebel zu haben. Bis hier, sagt jeder Schaufelstich, weiter nicht. Erde in ihrer Nase, ihrer Lunge, die Luft wird dünn. Die Öffnung hinter Mascha ist fast zugewühlt, das Licht aus ihrem Handy hat kaum zwei Hände breit Platz zum Leuchten: bis hier. Sie befühlt das, was sich senkrecht vor ihr befindet, rau und hart: Metall. Sie atmet flach. Bis hier. Sie lehnt die Stirn daran, lässt sich sacken, rollt sich ein. Ihr Handywecker summt, die Pause ist vorbei. Bis hier nur.

Tomsonov
Kreise

Das Feld ist weit und weiß mit Schnee besprenkelt. Kein Wohnblock aus Beton hebt sich gegen den Horizont ab, keine Häuserzeile mit Klinkerverkleidung. Hinter dem Gittertor nur das weite Feld, die leere Straße, der Wald. Es ist still. Wenn seine Tochter wiederkommt, mit dem Auto aus der Stadt den Hügel hinunter, ihm entgegen, wiederkäme. Sie kommt nicht. Tomsonov hat sie weggeschickt. Wie lang ist das her? Seine Tochter als Kleinkind, auf dem Arm seiner Exfrau, seiner Frau. Sie sind aus dem Bus gestiegen, in einem Winter, schon in diesem Land, aber weiter nördlich von hier, weiter östlich. Alles war noch fremd, war noch Westen für sie. An ein Auto war damals noch nicht zu denken, das hatten sie sich erst später zusammengespart. Er zog zwei Koffer aus dem Gepäckfach, nahm seinen großen Rucksack auf, an den er auch noch außen seine gusseiserne Pfanne gebunden hatte: eine Pfanne ausgerechnet, keine Gitarre, die auf der Reise hätte zerbrechen können. Seine Schultern, seine schweren Arme, seine Knie, die heute unter dem Gepäck von damals schmerzen. In diesem Winter – die Erde war grau besprenkelt, grauer Schnee, Krater statt Felder: Braunkohle, schwere Arbeit, aber gut bezahlt. Über den Feldern summten die Stromleitungen. Ein neuer Ort, ein Anfang. Hier seien Leute gesucht, die anpacken – wer Musik macht, werde respektiert. Sie gingen zu Fuß weiter, seine Frau und er, einen Zettel mit einer Adresse in der Hand. Im Rücken eine Zeile Einfamilienhäuser, das Versprechen, dass man es hier gut haben könne. Dass aber am Ortsrand ein hellhöriger Betonklotz wartete, dass die Adresse auf dem Zettel dorthin führen würde, das wusste Tomsonov noch nicht.

»Da kommt niemand. Nicht jetzt. Geh mit rein.«

Man spricht mit ihm, im Hier, im Jetzt, er hört es nur im Hintergrund, will sich noch nicht drehen, denkt: »Und wenn doch?«

Wenn ein Bus die leere Straße herunterkommt, wenn er hält? Er würde dem Mann in den besten Jahren, der aussteigt und das erste Mal diese graubesprenkelten Krater, diese schneebesprenkelten Felder sieht, die Pfanne vom Rucksack binden.

»Wo willst du hin?«

Wohin? Damals mussten sie die Antwort üben: Ein Urlaub nur. Sehen Sie, die Rückfahrtickets, wir haben sie gekauft, teurer sogar als die Hinfahrt. Ein Urlaub, wir kommen wieder.

Im Bus, wenn er hielte, er könnte gleich ein Hin- und Rückfahrticket kaufen, damit man ihn hier gehen lässt. Aber er hat jetzt kein Geld bei sich, keine Papiere. Nein, es kommt auch kein Bus, nicht hierher, nicht jetzt. Das Tor ist verschlossen, das Gitter mit Blattwerk verziert. Es kommt niemand, der es ihm öffnet. Der Bürgersteig auf der anderen Seite ist schmal, der Asphalt hat Risse, der Schnee auf den Feldern ist weiß, nicht grau. Wohin soll er hier und jetzt auch gehen? Im Hof im Kreis umher?

»Geht Sie nichts an«, antwortet Tomsonov.

»Siezt du wieder? Ich geh runter. Jetzt. Ich mach weiter.«

Es ist die Pflegerin, die ihn das gefragt hat, die mit ihm unten war, vor Kurzem – und die so leichtsinnig ist, dass es sich in ihm zusammenzieht. Mitten im Hof unter freiem Himmel, ein falsches Ohrenpaar nur und alles ist vergebens: der Keller, die Mühsal, das Lauschen, das Hoffen. Er kann ihr hier, mitten im Hof, nicht ihren Leichtsinn erklären. Wenn jemand kommt, den Hügel hinunter, ein Passant, der harmlos wirkt, höflich, ein Nachbar, den man kennt, der freundlich fragt, aber dessen Fragen doppelte Böden haben: Man nähme sie mit, brächte sie fort – und würde nie wieder von ihnen hören. Er schiebt die Pflegerin von sich, hin zum Gebäude. Man soll sie nicht zusammen sehen.

Am gusseisernen Tor hält er sich noch einmal fest. Der Schnee ist weiß, nicht grau. Der Himmel grenzt viel zu hell an die Felder, an die Straße. Er kneift die Augen zusammen, es pochert hinter seiner Stirn. Ihm fällt auf, dass er leicht zittert, sein Atem rasselt. Tomsonov öffnet die Augen wieder, zumindest halb, blickt konzentriert zu Boden. Zurück ins Warme, wo das Licht weniger gleißt. Er löst sich vom Tor. Langsam, nicht fallen. Wer fällt, steht nicht mehr als der Gleiche auf.

»Herr Tomsonov, alles klar? Zu kalt draußen?« Der Pförtner klingt viel zu höflich.

»Ja, ja.« Er biegt ab, um möglichst schnell aus seiner Reichweite zu kommen.

Neben dem Fahrstuhl eine Bank auf dem Flur – er setzt sich hin, reibt sich die Augen. Wann hat seine Frau, seine Tochter das letzte Mal angerufen? Ein Mädchen saß –

wann? – in seiner Tür. Nicht seine Tochter, ein Kind noch. Kinder reden viel, das ist gefährlich, aber dieses – ein Kind noch, das will ihm nichts. Seine Tochter saß, früher noch, auf einem Teppich in einem Plattenbau am Stadtrand, und er wusste nichts mit ihr anzufangen. Schau, mit festem Blech, von einer Dose Nüsse zum Beispiel, kann man ein Werkzeug bauen, mit dem man Vorhängeschlösser knacken kann. Seiner Tochter hat er das nie gezeigt. Was hat er dem Kind gesagt, als es bei ihm war? Hat er es fortgeschickt? Das Mädchen kommt wieder, es wird wieder kommen, durch die Küche, an seine Tür. Er will es ihm zeigen, wenn es das nächste Mal bei ihm ist. Noch einmal reibt Tomsonov sich die Augen. Es ist warm hier drin. Kurz nur will er sich anlehnen, die Augen geschlossen lassen, kurz nur.

Es pocht, pocht, pocht. Tomsonov kann es hören: tief unten, weit draußen. Das Klopfen, das Klopfen und Schaben. Ein Rhythmus, ein Bass? Er schlägt die Augen auf. Da ist die Beleuchtung des Flurs, die er kennt, die Bank neben dem Fahrstuhl, auf der er sitzt, die Fahrstuhltür, die sich öffnet.

»Wollen Sie mitfahren?« Eine Frau in einem dünnen, blauen Morgenmantel beugt sich zu ihm hin, alt, wohnt wohl auch hier.

»Nein«, antwortet er im Reflex – und heftiger, als er sollte.

Es kratzt und klopft und kratzt und klopft – sie hört es nicht oder versteckt es gut. Die Freundlichkeit weicht der Frau im blauen Morgenmantel aus dem Gesicht: »Na dann.«

Er muss vorsichtiger sein.

»Fahren Sie. Nehm ich die Treppe.« Tomsonov stemmt sich hoch. Wie es pocht, pocht, pocht, pocht – die Frau hat es nicht gehört, hat nicht einmal den Kopf gedreht. Sie weiß nicht, dass es da noch etwas gibt. Von fern ein einzelner, dumpfer Schlag, dem Tomsonov die Treppe nach unten folgt.

Die Tür hinter dem Fahrradkeller steht einen Spalt offen. Haben sie es gefunden? Warten sie innen auf ihn, um ihn zu erwischen und mitzunehmen? Er lauscht: ein Keuchen, schwer und gedämpft, von tief drinnen – ein einzelner Mensch nur, mehr kann da nicht sein. Die Pflegerin muss ihren Leichtsinn mit hier heruntergebracht haben. Er tritt ein, zieht die Tür sorgfältig hinter sich zu: »Bist du verrückt? Wenn hier offen ist, jeder kann sehen.«

Tomsonov tastet sich am Gerümpel vorbei bis zum Durchbruch an der hinteren Kellerwand. Am Sandsteinrand türmt sich die Erde in den Raum hinein. Das Loch dahinter hat eine Richtung bekommen, ist Tunnel geworden, und die Pflegerin befindet sich dort drinnen. Schwach nur leuchtet es im Tunnelende hinter dem Schränkchen hervor. Das erste Stück hinein kann er sich noch halb aufrecht halten. Er hebt die Hand vor die Augen – sie hat ihm ins Gesicht geleuchtet, er erinnert sich – jetzt aber richtet sich ihr Licht von ihm fort. Die Erde ist zu sandig und feucht.

Tomsonov ruft ihr zu: »Wir müssen versteifen. Muss am Anfang Holz von Möbeln hier reichen, oder Metall vom Bettgestell, machen wir Geviert. Müssen aufpassen, sonst kommt alles runter.«

Sie scheint gerade eine Pause zu machen, bewegt sich dort hinten kaum.

»Schiebst du den Schrank, mach ich die Erde«, fordert er sie auf. Keine Antwort. Er wartet: »Hörst du?« Er lässt sich auf die Knie sinken, stützt sich dabei ab. Er hat mit seiner Tochter einmal einen Sonntag auf Knien verbracht, auf dem Teppich mit dem Straßenmuster. Doch, er hat etwas mit ihr anzufangen gewusst, sie hatten zwei kleine Metallautos ineinanderkrachen lassen und blödsinnige Geräusche gemacht, wann nur? Nicht jetzt, nicht jetzt. Mühsam zwängt er sich am Möbelstück vorbei.

»Hörst du?«

Die neue Pflegerin liegt eingerollt auf der Seite, halb mit Erde bedeckt, und atmet schnell und schwer. Er bekommt ihren Fuß zu fassen: »Hörst du! Raus da. Ist gefährlich, nicht gut.«

Sie zieht den Fuß weg und bringt Tomsonov damit fast aus dem Gleichgewicht. Nicht fallen, auch nicht, wenn man schon auf Knien kriecht. Er fängt sich und ist erleichtert – wer sich wehrt, hat noch Kraft, und tastet erneut nach dem Fuß, bis er ihn zu fassen bekommt.

»Nein«, kommt von ihr.

»Was? Nein? Was liegst du? Raus!«

»Es geht nicht weiter.«

»Wie auch, wenn du liegst?«

»Lass mich.«

»Raus, raus da. Ist das gefährlich, kommst du, komm!« Noch einmal zieht er an ihrem Fuß – und diesmal ist er vorbereitet auf ihre Gegenwehr. Sie aber lässt ihn ziehen, rappelt sich auf die Knie, spuckt aus, sieht ihn an und funzelt ihm dabei ins Gesicht: »Arschloch.«

»Du auch.«

»Ich komm ja.«

Die Erdhaufen neben dem Durchbruch sind weich und trocken genug, dass sie darauf sitzen können. Die Pflegerin atmet weniger schwer. »Es geht wirklich nicht weiter. Da ist eine Wand. Metall«, sagt sie.

»Wasserrohr? Oder für die Heizung?«

»Kein Rohr, größer, flach. Eine Wand eben.«

Metallwände in der Erde – was weiß sie vom Graben? »Kann vorkommen, dass es große Steine gibt.«

Sie hält ihm die flache Lampe hin: »Geh rein, sieh selbst. Das ist kein Stein, so bescheuert bin ich nicht.«

Metall, Metall – die Wände versteifen, das können sie nicht aufschieben, sie müssen den Tunnel sichern, damit nicht alles über ihnen zusammenbricht. Die Pflegerin, sie lag dort, bis er kam? Was, wenn er das nächste Mal nicht rechtzeitig kommt? Sie spricht, die Pflegerin, doch nicht mit ihm, spricht angespannt in ihre Hand, telefoniert: »In der Nähe. Danke«, legt auf.

»Sie suchen dich«, er zieht sich mühsam am Mauerdurchbruch hoch, schüttelt sich die Erde von den Gliedern: »Gehen wir.«

Sie leuchtet wieder, erst ihn an, dann vor ihnen beiden auf den Boden. »Wir sind ziemlich dreckig«, sagt sie.

»Gartenarbeit.«

»Welcher Garten. Im Januar?«

»Will keiner wissen.«

»Von dir vielleicht nicht. Wir müssen aber trotzdem wieder hoch. Und vorsichtig sein.«

Enders
Warten

»Mama ist weg!«

Die Kleine steht weinend in Enders' Zimmertür. Als es geklopft hat, hat Enders sich nicht gerührt: Mascha klopft anders, Elfi kann kaum klopfen und würde es kaum tun bei Tageslicht. Doch es hat geklopft, wieder und weiter – zu sachte dafür, dass eine Pflegerin etwas hinter der Tür ahnt, aber hartnäckig genug, um zu zeigen, dass jemand auf der anderen Seite weiß, dass es ihn hier im Zimmer gibt. Also hat er geöffnet und das Mädchen vor seiner Tür gefunden, rot und mit Spuren von Zorn im Gesicht, verweint und allein.

»Och, Kleene.«

»Ich weiß nicht, wo sie ist.«

»Die hat bestimmt gerade Dienst oder ist was einkaufen. Kommt wieder, keine Angst.«

»Sie ist weg.«

Mascha war schon nicht im Bett, als er nach Mitternacht vorsichtig ihre Tür einen Spalt geöffnet hat, bevor er weiter zu Elfi ist. Noch ein Nachtdienst? Gestern hat er sie schon kaum gesehen. Sie hat ihm nur ein Essen gebracht, gesagt, dass sie weitermüsse. Wohin? Sie hat blass ausgesehen und gehetzt auf eine Art. Wovon? Die Arbeit? Das Amt? Die Stadt ist weit weg. Das Amt ist weit weg.

Die Kneipen, die Meere, die Schulen, die kaputten Heizungen, alles ist weit weg von hier.

»Quatsch, Kleene. Die lässt uns nicht hängen. Sollen wir mal anrufen?«

Das Mädchen nickt.

Enders lässt es klingeln, Mascha lässt sich Zeit. Das Kind fixiert das Handy an seiner Wange. Als Mascha abhebt, krisselt und kratzt es in der Leitung.

»Was ist?«

»Die Kleene sucht dich.«

»Ich hab ihr gesagt, dass ich eine Weile unterwegs bin. Sie hat gespielt.«

»Wo bist du?«

»In der Nähe. Ich brauch einen Moment. Sag ihr, dass ich gleich da bin.« Mascha klingt außer Atem.

»In der Nähe?«

»Ja. Gleich, wirklich. Einen Moment.«

»Wir sind bei mir im Zimmer.«

Mascha legt auf.

»Hast dus gehört?«

Die Kleine nickt, reibt sich mit dem Ärmel über das Gesicht.

»Bist du beruhigt?«

»Sie darf nicht einfach weg sein.«

Die Mittagsrunde hat gerade die Tabletts abgeholt; die Küche ist leer. Durch die Wände hört er, dass Elfi fernsieht. In einer halben Stunde wollte er sich für seinen Spaziergang bereitmachen.

»Willst du mit rein oder schaffst du es, allein zu euch ins Zimmer zu gehen?«

Die Kleine wirft einen Blick hinter sich und setzt sich zögerlich im Türrahmen auf den Boden.

»Kleene. Wenn jemand kommt?«

Zur Antwort zuckt sie mit den Schultern.

»Trotzdem die Tür offen lassen?«

Sie nickt. »Frau Nowak ist im anderen Haus, ich hab aufgepasst.«

»Ach, Kleene.«

»Was macht Mama?«

»Ich weiß es nicht.«

Enders setzt sich auf das Bett, schaltet seinen Fernseher aus. Das Kind beobachtet ihn genau. Es hat dunkle Augen, einen Gesichtsausdruck, den er auch bei Mascha schon bemerkt hat – und nicht deuten kann. Unter diesem Blick weiß er nichts mit sich anzufangen, steht wieder auf und macht das Bett. Sammelt das benutzte Geschirr vom Nachttisch. »Aufräumen ist wichtig.«

Die Kleine sagt dazu nichts. Er hängt sein Handtuch wieder auf. Rückt seine Blechbox auf dem Fensterbrett zurecht: »Willst du mal Postkarten sehen?«

»Was für?«

Also setzt er sich zu ihr auf den Boden und fächert seine Karten vor ihr auf. Sie nimmt sie einzeln in die Hand, fragt nach Straßenkatzen, die darauf abgebildet sind, nach Vögeln und dem Meer und er antwortet ihr, so gut er kann.

Als er hört, wie sich die Küchentür vom Flur her öffnet, ist sein erster Reflex, sich ins Bad zurückzuziehen, kurz darauf steht Mascha in seinem Türrahmen. Verschwitzt, mit wirren, schmutzigen Haaren, einem knittrigen, sauberen Arbeitskittel aber braunverschmierten Schuhen.

»Danke«, sagt sie.

Er steht auf: »Wo warst du?«

Sie fährt sich durch die Haare, wischt sich die Finger sauber. »Es ist gerade viel. Arbeit, alles. Ich muss gleich weiter.«

Der Kleinen, die sich an ihre Hüfte schmiegt, reibt sie fest die Schulter. »Sei nicht albern, Mücke. Ich komm doch immer wieder. Komm mit, du kannst mir helfen, wenn du möchtest«, und schiebt sie durch die Küche in Richtung Flur. Dort dreht Mascha sich noch einmal nach Enders um: »Es wird spät heute Abend. Du musst nicht warten.«

»Womit?« Er schließt seine Zimmertür.

Tomsonov
Stütze

Eine Metallplatte mit Rillen und Zähnen, Tomsonov tastet. Das ist keine Wand. Etwa zwei Meter muss diese Platte im Durchmesser haben, rund muss sie sein. Ein Drittel haben sie freigeschabt. Da sind Rillen in der Platte, mit Erde und Steinen verstopft, bezahnte Räder. Tomsonov legt das Ohr an. Ein Rhythmus? Er kann nicht sagen, ob er sich an das Scharren und Klopfen und Scharren nur erinnert. Er schnauft, spuckt einmal vor sich in die Erde und tastet weiter.

Eine Maschine.

Da waren einmal Maschinen, größer als diese, gigantisch und brutal. Seine Arbeit im Werk, in einer Mondlandschaft unter öligem schwarzen Staub, der alles matt macht. Da waren Menschen, die sich hell gegen die Erde abhoben. »Überschüttung, pack an!«»Druff mit, druff, druff!« Drecksarbeit, aber Musik wird respektiert, hatte man ihm erzählt, deshalb war er gekommen.

Das ist lange her, zu lange. Er muss sich konzentrieren: graben und tasten. Der Boden hier ist nicht gut, sandig, feucht. Stützen, sie müssen stützen. Die Platte, da ist Rost.

Auch damals hatte er Pausen gebraucht. Einmal, er war den grauen Schnee noch kaum gewöhnt, saß er mit sechs Fremden auf zwei Bierbänken am Kraterrand. Er hatte seinen Mut zusammengenommen, er fand sich kaum in der Sprache zurecht. »Ich bin Musiker.«

Das Gespräch, das bisher an ihm vorbeigerauscht war, stockte. Einer mit weißem Helm im Schoß sah ihn müde an: »Werkskapelle gibts nicht mehr. Sind alle rüber.« Man reichte ihm heißen Tee im Deckel einer Thermoskanne, der scharf nach Weinbrand schmeckte.

Es ist ein Abbauschild. Rillen, Zähne, rotierende Rollenmeißel – er erkennt.

»Ist Bohrkopf«, ruft er hinter sich und kriecht zurück in Richtung Keller. Am Mauerdurchbruch klopft er sich die Erde von der Hose. Er trägt nur noch seine Braune aus Cord, auf der man die Flecken weniger sieht. Trägt sie selbst nachts, damit die Pflegerinnen sie ihm nicht wegnehmen. Er blinzelt, ist allein im Raum: Die neue Pflegerin, sie ist nicht mehr da – ist sie heute nicht mit ihm heruntergekommen?

Tomsonov kämpft sich die Treppe hoch und, »Geht Sie nichts an!«, am Pförtner vorbei. Er findet sie, wie sie in Lores Zimmer an Lores Beinen herumhantiert.

»Lore, Lori, geht es?«, grüßt er im Hineingehen, wartet die Antwort nicht ab und zieht die Pflegerin mit sich in Lores Bad.

»Spinnst du?«, fährt diese ihn an. Er schließt die Tür und schüttelt den Kopf. Am Waschbeckenrand steht eine große Flasche Lotion, »Gelenkwellen« in dunkelblauer Schrift darauf zu lesen, »Staubschild, Gummidichtung.« Nein. Seine Augen. Das Lesen geht nicht mehr.

»Ist das Bohrkopf«, flüstert er.

»Was?«

»Unten. Maschine zum Bohren. Das ist keine Wand.«

»Bohrwas? Unten, meinst du. Um diese Zeit warst du unten?«

»Ein Bohrkopf, muss da schon lange stecken. Steckt da lange. Wir sind an der Ortsbrust, falsche Seite.«

»Ortswie? Was soll da gebohrt werden? Ausgerechnet hier? Und dahinter?«

»Ist was.«

»Was?«

»Was.«

»Mensch. Danke. Jetzt weiß ich Bescheid.«

»Machst du die Tür zum Stützen fertig, machen wir an der Maschine vorbei, finden wirs.«

»Ich kann jetzt nicht«, sagt sie und klingt, als müsste sie sich davon überzeugen.

»Später, heute. Machst du. Aber musst du stützen.«

»Ein Bohrkopf, sagst du.«

»Hilfe!«, ruft es von nebenan, Lore.

Er weiß, wie sie ist, wenn sie so ruft. Sie sperrt sich, sie klagt. Er hat es erlebt – wie oft schon?

»Kannst du jetzt nicht«, er klopft der Pflegerin auf die Schulter und macht sich auf, einen Kaffee zu finden, einen Schluck Weinbrand dazu, damit ihm warm wird.

Tinka
Helferin

Noch zwei Mal Schlafen. Am Montag ist wieder Schule und auch Doppelstunde Sport. Vor den Ferien musste Tinka schon auf der Bank sitzen, weil sie keine Turnschuhe hatte. Weil die noch in der Wohnung sind und eigentlich an den Zehen schon drücken. Sie hat einen Zettel im Ranzen, der sie und Mama an die Turnschuhe erinnern soll, und einen weiteren, auf dem steht, dass sie Geld mitbringen muss fürs Schlittschuhlaufen. Sie hat sich schon ein paar Mal daran erinnert und darauf gewartet, dass der richtige Moment kommt. Der Monat ist noch nicht so alt, wenn, dann müsste sie jetzt fragen – aber jetzt ist kein guter Zeitpunkt. Mama arbeitet, ihre Bewegungen sind schnell und knapp: Sie setzt die Teekannen mit einem unangenehmen Klopfen ab und lässt die alten Leute nicht ausreden, wenn sie etwas wollen, sondern fängt an, den Schnürsenkel zu binden, die Fernbedienung zu holen oder die Gardine zu richten, sobald sie raten kann, worum es geht – und sie rät schnell. Mama ist auch zu still. Tinka weiß, dass das daran liegt, dass sie an ihr geklebt hat. So knapp wie die Bewegungen sind auch die Anweisungen, mit denen sie Tinka sagt, wie sie helfen kann: »Die Flasche« – Sprudel einschenken, »halt mal« – den Müllbeutel, »da rein« – die Wäsche einsammeln. Wenn Tinka zögert oder überlegt, macht Mama alles selbst. Zum Beispiel, wenn Tinka kurz braucht, um zu planen, wie sie die Wäsche vom Boden aufhebt, ohne die Flecken zu berühren. Kommt Mama ihr bei einer Aufgabe zuvor, will Tinka sie umarmen, festhalten damit sie beide kurz stillstehen – aber sie weiß, dass das alles nur schlimmer machen würde. Als Mama ihr durch die Haare fahren will, duckt sie sich sogar weg, um ihr zu zeigen, wie schnell sie ist und dass sie das Kleben längst hinter sich gelassen hat.

»Du bist sauer, Mücke«, sagt Mama.

»Nee.«

Sie gehen in die Zimmer, während die Bewohnerinnen im Fernsehraum oder noch beim Essen sind, dort räumen sie etwas auf und tauschen manchmal die Bettwäsche. Beim Lakenabziehen strengt sich Tinka besonders an und greift einmal, um zu zeigen, dass sie nicht mehr rumdruckst, mitten in den Pipifleck.

»Mücke, hey. Tut mir leid.«

»Okay«, antwortet Tinka, obwohl sie nicht weiß, was Mama meint. Dann geht sie aufs Klo und wäscht sich die Hände mit viel Seife.

Zur Abendessenszeit hilft Mama im Erdgeschoss, wo welche wohnen, die ungeschickt beim Essen sind. Lore mit den Schläuchen will keinen Latz und lässt sich nicht gern beim Essen helfen, manchmal schlägt sie nach der Hand. Wenn aber niemand hilft, muss man sie hinterher umziehen, und das dauert so lange, dass beim Essen helfen weniger anstrengend ist. Also hilft Mama, egal ob Lore und sie das wollen. Tinka schaut nicht gern dabei zu, sie will zur Abendessenszeit lieber bei Herrn Tomsonov sitzen –

der aber heute schläft, obwohl er so gut wie nie schläft, erst recht nicht um die Zeit. Vor seiner Zimmertür trifft Tinka Frau Nowak im weißen Kittel, die mit ihr durch den Türspalt späht.

»Ist er krank?«, fragt Tinka.

»Heute Vormittag sah er fit aus. Vielleicht ist er einfach müde, das kommt vor, in dem Alter. Und was machst du hier?«

»Ich bin zum Abendessen.«

»Na dann, komm her.«

Bis auf sie beide ist die Gemeinschaftsküche leer, der Tisch ist krümelig und voll Gurkenwasserflecken. Frau Nowak stellt das Tablett, das für Herrn Tomsonov gedacht ist, an einen einigermaßen sauberen Platz am Tisch, setzt sich und fordert sie auf, sich dazuzusetzen.

Tinka klettert auf den Stuhl. »Aber ich esse nur die Hälfte. Herr Tomsonov teilt sonst auch mit mir. Dann kann er essen, wenn er wach wird.«

»So? Der soll sein Essen ruhig alleine essen, da müssen wir besser aufpassen. Bringt die Mutti dir nichts?«

»Doch, schon.«

»Für jetzt mach dir keine Sorgen. Wir finden später auch etwas für Herrn Tomsonov.«

Frau Nowak schmiert ein Streichkäsebrot, legt darauf ein lachendes Gesicht aus Paprika und schiebt es ihr hin.

»Danke.« Weil Tinka keine grüne Paprika mag, nimmt sie das Gemüsegesicht vom Brot und baut es auf dem Teller wieder zusammen. »Das kann ich aber nicht kaputtessen, wenn das so lacht.«

»Dann probier mal so.«

Frau Nowak dreht den Paprikamund um und Tinka versteht, warum Mama meint, man müsse sich vor ihr in Acht nehmen.

»Ist bestimmt nicht so einfach für dich, hier draußen«, sagt sie weiter und sieht Tinka an, wie sie ihre Lehrerin manchmal ansieht, wenn Tinka etwas vergessen hat.

»Geht.«

»Ist dir nicht manchmal ein bisschen langweilig? Bald ist wieder Schule, oder? Hat die Mutti gesagt, wie lange ihr noch hierbleibt?«

»Bis die Heizung zu Hause repariert ist.«

»So?« Frau Nowak schiebt sich eine der beiden Cocktailtomaten vom Gemüseschälchen in den Mund. Tinka beschließt, die andere nicht zu essen.

»Sag mal, der Mann, der an Weihnachten hier bei euch war, ist das der Papa? Der Opa? Kann es sein, dass er euch manchmal hier besuchen kommt?«

»Das ist Mamas Tröster.«

»Ein was? Was ist denn das?«

Tinka beißt vom Brot ab und kaut lange – lange genug, dass Frau Nowak aufhören könnte, zu warten und so zu schauen. Frau Nowak aber wartet und schaut einfach weiter.

»Tröster halt.«

»So was wie der Freund von der Mutti? Ist er lieb zu euch? Und der Papa, wo ist der?«

»Brauchen wir nicht«, antwortet Tinka und wünscht sich, Mama würde sie dabei hören. Dann hat sie genug und klettert mit der Brotscheibe in der Hand vom Stuhl.

»Danke noch mal. Ich muss weiter. Mit dem Brot pass ich auf unterwegs.«

Sie hört noch, wie Frau Nowak ihr ein »Warte mal!« nachruft, aber sie rennt schon die Küchentür hinaus und den Flur entlang.

Im Erdgeschossflur vor den Räumen, in denen Mama arbeitet, bleibt sie stehen und sieht aus dem Fenster zum Hof. Es ist schon dunkel – da ist noch das Licht vom Haupteingang, dann die Minileuchten bis zum Tor, dahinter erkennt man fast nichts mehr, nur Acker und ganz hinten in schwarz ein paar Bäume. Auf den Doppelscheiben des Fensters kann sie ihr Spiegelbild sehen. Hier ist es immer warm und es gibt keine Eisfedern, aber Tinka vermisst die Eisfedern, das blaue Licht vom Tedi unten an der Straße, ihre Leuchteschildkröte auf dem Nachttisch zu Hause, ihr Lego, den Küchentisch mit den Kringeln von zu heißen Tassen. Sie vermisst, wie die Sachen zu Hause frisch nach Waschmaschine riechen, sie vermisst es, rüber zu Jasmin zu gehen oder auch nur mit Mama und dem Tröster durch den Park. Sie vermisst es, den Silberpelz von Uroma zu streicheln, sie vermisst das hohe Fiepen des Fernsehgeräts im Wohnmamazimmer und besonders die Höhle mit Mama allein.

»Was siehstn?«

Tinka erschrickt. Mama ist von hinten an sie herangekommen. Der Schreck aber vergeht schnell, denn Mama legt die Arme um sie und Tinka spürt, dass Mama ihr das Kleben nicht mehr übel nimmt.

»Nix.«

»Quatsch, Mücke, da gibts ne Menge. Dies«, Mama zeigt einmal die Scheibe entlang, »wird einmal dein Reich sein.«

Ihr fällt auf, dass Mamas Fingernägel dreckig und rissig sind.

»Sagst du immer«, antwortet Tinka und lehnt sich fest an ihre Hüfte.

»Stimmt auch immer. Da ist nicht nix. Bisschen dunkel, aber du hast doch keine Angst?«

»Ich mag nach Hause.«

Mama atmet tief aus. »Das geht noch nicht. Aber da hast du recht. Da müssen wir eine Lösung finden.«

»Jetzt.«

»Bald. Versprochen.« Mama küsst sie auf den Scheitel, »jetzt muss ich noch ein bisschen. Anderthalb Stunden, dann essen wir was beim Tröster und schauen vielleicht einen Film. Kannst du dich bis dahin beschäftigen?«

»Kann ich mitkommen?«

»Ich mache Frau Küff bettfertig, da kann ich dich nicht mitnehmen. Du hast heute schon gut geholfen, du machst das super. Geh doch schon mal auf unser Zimmer. Noch ein bisschen.«

»Okay.«

Frau Nowak ist weg. Das Zimmer von Herrn Tomsonov ist dunkel. Er liegt auf der Seite und sieht dünn aus, seine Nase spitz und eingefallen wie aus getrocknetem Pappmaché. Seine Augen bewegen sich hinter den Augenlidern, den Mund hat er halb geöffnet. Tinka traut sich nicht, an seinem Ärmel oder seiner Decke zu ziehen, aber er hat noch nicht gegessen und Frau Nowak das halbe Abendessen draußen einfach weggenommen. Tinka würde ihm einen Kaffee bringen, die Kanne direkt, und für ihn am Boden lauschen. Sie würde ihm erzählen, dass sie heute gut geholfen hat, dass sie bald weniger kommen kann, weil Mama und sie eine Lösung finden, nach Hause zu gehen, weil am Montag Schule ist und eine doppelte Stunde Sport. Dann würde sie ihn fragen, ob er weiß, wo man Turnschuhe borgen kann, ungefähr in ihrer Größe. Schließlich holt sie Luft, traut sich und zieht doch an Herrn Tomsonovs Ärmel, er aber dreht sich nur von ihr weg.

Auf dem Nachttisch liegt ein Geldbeutel, schwarz und etwas abgewetzt. Wenn sie sich etwas leiht von ihm, fürs Schlittschuhlaufen, dann muss sie Mama nicht fragen, dann bleibt Mamas Laune, dann haben sie auch mehr für die Heizung zu Hause, und Tinka hat bei der Lösung geholfen.

»Darf ich?«, flüstert sie. Aber Herr Tomsonov schläft. In seinem Geldbeutel sind Karten, die sie nicht lesen kann, das Bild von einem Mädchen und vierzig Euro. Wenn sie zehn nimmt – sie kann es ihm bald zurückgeben, hat ja selbst unten schon sieben Euro und acht Cent, die Leute geben ihr manchmal etwas. Leihen ist nicht klauen, verspricht sie sich, aber legt den Geldbeutel trotzdem so zurück, dass er aussieht wie vorher.

»Tut mir leid«, flüstert sie etwas lauter, dreht sich um und rennt aus dem Zimmer, so leise sie kann.

Mascha
Klick

Sie haben eine Reinigungskraft durch Maschas Einheit geschickt. Als sie vom Dienst kommt, ist der Boden gewischt, keine Spuren mehr von Sand oder Erde. Die Filzstiftbilder ihrer Tochter, die beim Aufstehen noch auf dem Boden verstreut lagen, haben sie ordentlich auf der Kommode gestapelt – eines sogar, zusammen mit einem Wochendienstplan, an die leere Korkpinnwand geheftet. Maschas Pullover liegen zusammengelegt auf dem Sessel. Ihre Schmutzwäsche ist verschwunden, auch die ihrer Tochter.

Mascha bebt.

»Frau Heerdmann!«, ruft es aus einer der Türen, als sie den Flur hinuntereilt, »Frau Heerdmann!«

Jetzt, verdammt noch mal nicht.

Frau Bachs Büro ist leer.

Die Sukkulententöpfe sind auf dem Schreibtisch in einer Reihe angetreten. Mascha wischt die Töpfe in eine Unordnung, will einen schon auf dem Boden zerschmettern – da fällt ihr Blick auf einen neonpinken Zettel, der am Computerbildschirm klebt: »Montag Ferienende Katharina / Fahrdienst Schule verlängern.«

Mascha setzt den dämlichen Blumentopf ab, lässt sich selbst auf Frau Bachs Schreibtischstuhl sinken. Ihrer Tochter geht es gut. Sie spielt. Sie geht zur Schule. Der Tröster wartet, sie hat schon Essen für ihn beiseite gestellt, schon neuen Tabak besorgt.

Die Beleuchtung kommt ihr auf einmal grell, das Büro ihr winzig vor. Die cremefarbenen Wände, an denen die Wochen- und Speisepläne hängen, drücken ihr die Schultern krumm, kommen ihr nah, scheinen ihr die Luft aus dem Brustkorb zu pressen. Es ist nur Wäsche, die sie aufgeräumt haben. Sie wünscht sich einen Sturm im Gesicht, der ihr die Hitze aus den Augen trocknet, wünscht sich ein Heer, das brüllend die Flure stürmt und alles kurz und klein schlägt, wünscht sich Weite, Wellen – und spürt dabei allzu deutlich, wie angenehm es ist, einen Moment zu sitzen. Und es sind doch nur verdammte Wände, denkt sie sich und schaltet den Computer an.

1.200 Euro: Hydraulischer Rettungssatz, Schere und Spreizer vom Feuerwehrfachbedarf, gebraucht, Expresslieferung, Ratenzahlung möglich.

Mascha zögert. Das Gerät zerschneidet Autowracks, öffnet Stahltüren und wird auch einen Weg finden, mit einem Bohrkopf fertigzuwerden, der im Boden steckt. Mascha schluckt. 1.200 Euro in schleichenden Raten weniger für Spaghetti und Toast – aber auch 1.200 Euro, die sie spüren wird, hier und jetzt. Mein Keller, denkt sie, mein Reich, mein Raum.

Enders
Elfi

Enders kann wieder nicht schlafen.

Das Meer bei Nacht, glänzend und schwarz, schnarrende Schiffsmotoren. Enders, der unter Deck eine angebrochene Flasche teuren Weins stibitzt hat und oben seinen Freund sucht, um mit ihm darüber zu lachen, wie sauer der schmeckt. Harry, wie er, die Reling hochgeklettert, zu Enders zurückblickt:»Läufst mir wieder nach? Manchmal tust du mir fast leid.«

Enders dreht sich auf der viel zu weichen Pflegebettmatratze von einer Seite auf die andere.

Harrys schweißglänzendes Gesicht, seine schiefen Zähne.»Mach doch, stoß mich doch rein, du Lappen.«

Enders strampelt die Decke von sich. Neben ihm klatschen die Kopfhörer vom Nachttisch auf den Boden. Er zuckt zusammen, setzt sich auf. 14 Quadratmeter im Dunkeln: Nachttisch, Schrank, Sessel, Fernsehgerät – keine Sekunde länger hält er es mehr hier drin aus. Elfi.

Enders lauscht, schließt seine Zimmertür auf und geht auf Socken ein paar Schritte in die Küche. Nachtlichter um die Steckdosen werfen ein blaues Licht auf den Fliesenboden. Er hört das Schnarchen der alten Schmiding und – tatsächlich – Geräusche aus Elfis Einheit, ihr Fernseher läuft.

An ihrer Tür klopft er leise, wartet, öffnet. Da liegt sie in ihrem Pflegebett, halb im Kissenberg versunken. Sie blinzelt ihm mit ihren dunklen Augen entgegen. Auf dem Bildschirm kommentiert ein Mann im Anzug Schwarz-Weiß-Fotografien von Männern mit Soldatenhelmen.

»Elfi, was läuft?«

»Dass du kommst!«

»Nach dir sehen.« Enders schließt die Tür hinter sich.

Das erste Mal hat er Elfi gefunden, kurz nachdem sich Mascha in der Nacht von ihm verabschiedet hatte. Enders bekam den plötzlichen Drang, ihr nachzugehen, sie in den Arm zu nehmen und ihr:»Dann lass uns eben durchbrennen« auf den Scheitel zu flüstern. Als er sich aber dazu durchringen konnte, barfuß auf den Flur hinauszutreten, war von ihr keine Spur mehr und er kam sich plötzlich ausgesprochen albern vor. Aus einer halboffenen Tür zum Fernsehraum hörte er leise, angestrengte Geräusche einer fremden Frauenstimme. Er wagte einen Blick: Eine zierliche Bewohnerin im Nachthemd kauerte auf einem der Sofas und versuchte vergeblich, mit ihren Handgelenken den Deckel von einer Mineralwasserflasche abzudrehen. Ihre Fingerknöchel waren zu prallen Knoten geschwollen, sie schien ihre Hand kaum mehr bewegen zu können.

Ohne darüber nachzudenken trat er ein, kniete sich neben sie und half ihr. Er lernte ihren Namen, Elfriede, Elfi Küff, lernte, dass sie es ist, die er am Morgen vor Schmerzen aufstöhnen hört und dass sie kaum mehr ihr Zimmer verlässt, weil sie sich vor den anderen Bewohnerinnen für die Hilfe schämt, die sie braucht.

»Ich bin auch nicht gern unter Menschen. Man wird so angesehen«, antwortete er ihr. Elfi fragte nicht nach, legte nur ihre warme, knotige Hand auf seinen Unterarm.

Ihr Zimmer ist heute Nacht in keinem guten Zustand. Wäsche und Taschentücher liegen auf dem Boden, benutztes Geschirr steht auf dem Nachttisch. Elfi rutscht umständlich ins Sitzen und wendet sich ihm zu. Sepiafarbenes und graues Licht flackert vom Fernsehgerät am Fußende über ihr Gesicht. »Dass du kommst, dass du – hier waren längst die Franzosen, das weißt du, das hab ich –«

»Das hast du erzählt.«

»Das Feld draußen, damals, das war ganz überwuchert, Gras und Unkraut bis zur Schulter, höher noch. Dem Bauern hatten sie ja die Saat geklaut.«

»Ich weiß doch.«

»Mein Bruder und ich sind hin – was zum Kochen für die Mutter: Nesseln, Gundelreben, wilde Eier, wenn es welche gab. Wir wussten uns zu helfen. Im Sommer wars gut.«

»Im Sommer ist es immer besser.« Enders hebt die Wäsche und die Taschentücher vom Boden auf, schiebt den Sessel neben das Bett.

»Ich warte am Rand, bei den Eschen. Muss aufpassen wegen der Franzosen. Mein Bruder ist rein ins Feld, der hatte keine Angst. Was wäre der ein Soldat geworden.«

»Ach, Elfi. Einen Schluck?« Er schenkt etwas von einer Mineralwasserflasche in die beiden saubereren der drei Tassen auf ihrem Nachttisch ein. Ein fader Salzgeschmack klebt auf seiner Zunge.

Sie schüttelt abwesend den Kopf. »Mein Bruder. Ich sehe ihn nicht mehr, ich hör ihn nur noch rascheln im

Gras. Da kommen sie aus der Kaserne, vier oder fünf Franzosen. Ich will ihn warnen, pfeife was und bin ihm hinterher.«

Enders setzt sich zu ihr und trinkt. Er fühlt sich aufgekratzt und wünscht sich, Elfis Hand auf seinem Arm zu spüren.

»Mein Bruder rennt, ich hör das. Die Franzosen rufen – ich versteh nicht, was, aber kommen uns nicht nach. Ich warte, dass sie schießen. Mein Herz geht.«

Aus dem Fernseher kommt ein altes Marlene-Dietrich-Lied. Enders' Magen knurrt.

»Aber sie schießen nicht, sind einfach weiter. So ein Glück, hab ich gedacht. So ein Glück. Aber es war ganz still, nicht mal die Vögel – mein Bruder. Er kam nicht mehr raus. Ich habe gewartet und gewartet. Gerufen auch: ›Komm, hier ist niemand mehr, bitte komm, bitte!‹ Er kam nicht mehr. Ist wohl nach Hause, ohne mich, habe ich gehofft.«

Enders kennt diese Geschichte. Er klopft die Tasche seiner Jogginghose ab.

»Kam auch nicht mehr nach Hause. Was hat unsere Mutter geschimpft. Sie ist noch in der Nacht los, ihn zu suchen. Den letzten Tabak zum Tauschen hat sie mit. Am Morgen kam sie ohne Tabak, ohne meinen Bruder.«

»Wir haben noch Tabak, alles gut, Elfi, keine Sorge«, sagt Enders und zeigt ihr den flachen Beutel aus seiner Hosentasche. Die Anspannung, die ihr mit dieser Erzählung kommt, ließ sich davon schon einmal vertreiben. Heute strengt sie die Erzählung besonders an, das kann Enders sehen. Er könnte umschalten, wieder mit ihr singen. Er könnte sie berühren, doch scheut sich, seine Hand auf ihre Fingergelenke zu legen. Scheut sich auf einmal auch vor ihren schmalen Unterarmen, ihrem nackten Fuß, der mit glänzend geschwollenen Gelenken unter der Decke hervorschaut.

»Und wie wir ihn gesucht haben, den ganzen Sommer. Als die Franzosen den Bauern doch noch haben mähen lassen, im Herbst, das war – sie haben was gefunden. Unter dem Feld, das Pferd eingebrochen. Ein Loch. Weißt du, das weißt du, von den Stollen – keine Kohle mehr. Nichts, alles leer. Die Eingänge gesprengt, damit sich keiner versteckt. Und auf einmal da, unter dem Feld, ein Loch. Nicht groß, aber so tief, und mein Bruder war doch schon Wochen weg. Er muss doch hineingefallen sein. Hat nicht mal geschrien. So tapfer. Das haben sie nicht verstanden, das hat keiner. Es haben schon so viele gefehlt, er war nur einer mehr. Nur einer mehr.«

Enders dreht den Kopf: Da sind Schritte in der Küche vor der Tür. Elfi scheint nichts zu bemerken. Er hält sich einen Finger vor den Mund. So leise er kann, schlüpft er in das winzige Badezimmer und schließt die Tür. Im Dunkeln setzt er sich auf die Toilettenschüssel. Kaum sitzt er, hört er, wie eine Pflegerin eintritt, ohne zu klopfen, und mit gedämpfter Stimme spricht: »Frau Küff, alles in Ordnung? So spät noch auf?«

Elfi, denkt er, du verrätst mich nicht.

»Wir müssen Sie etwas drehen, okay? Möchten Sie nicht schlafen? Fernsehen können Sie morgen wieder«, sagt die Pflegerin.

»Nein, nein.«

»Helfen Sie ein bisschen mit, bitte. Sonst bekommen Sie wieder so eine Stelle. Das tut weh, Sie erinnern sich?«

Er hört es klappern, der Fernseher verstummt. »Die Fernbedienung lege ich Ihnen hier hin. Wenn Sie unbedingt möchten, holen Sie sie sich. Ich weiß, dass Sie das können. Oder Sie warten bis morgen früh, die Kollegin kann Sie Ihnen wieder geben.«
»Mein Bruder. Ich hatte einen Bruder.«
»Frau Küff, gute Nacht, ja?«

Als Enders hört, wie die Pflegerin das Zimmer verlässt, fühlt er sich verblüffend ruhig. Er wartet, bis sein Puls langsamer wird, wartet noch eine Weile länger, und kehrt dann zurück an Elfis Bett. Sie dreht sich mühsam von der Seite auf den Rücken, rutscht in ihre halbe Sitzhaltung.
»Danke, Elfi.«
»Ich hab nichts gesagt.«
»Danke.«
»Das Feld ...«
»War überwuchert. Unkraut bis zur Schulter und höher.«
Elfis Hand hebt sich unter der Decke ab. Vorsichtig schiebt er den Stoff beiseite. Elfi saugt leise die Luft ein, als er die glatte Haut ihrer Fingerknöchel berührt.
»Ja. Nein. Im Herbst. Sie haben gemäht und das Pferd – ein Loch. Sie haben doch nicht gewusst. Das Feld, sie haben es in die Luft gesprengt. Mein Bruder, seit Wochen, er muss doch noch unten – das haben sie nicht verstanden. Als ich kam – nur noch Erde, kein Gras mehr, ein Krater und ich am Rand. Sie haben doch nicht gewusst – ich hätte doch. Da draußen, vor dem Fenster – ich weiß, dass es da ist. Und ich, ich bin noch da. Immer noch. Warum bin ich noch da?«

Teil 3
Schwimmerin

... _._. .... .__ .. __ __ . ._. .. _.

Mascha
Wurm

Im Schlaf, nur im Schlaf und auch nur, wenn sie damit allein ist und niemand bei ihr atmet, wenn ein Kissen, eine zusammengeknüllte Jacke, oder, wie jetzt, auch nur ein einigermaßen trockenes Stück alte Tür an ihrer Schläfe liegt, wenn niemand nach ihr ruft, weder ihre Tochter aus dem Nebenzimmer noch das Heer hinter der Schädeldecke, wenn es still ist und dunkel und kühl, wenn sie das Scharren und Klopfen vergisst und nicht anders kann, als sich herabsinken zu lassen – dann erinnert sie sich an ihre Mutter. An ihre Hände in Bewegung: Wie sie packten, beteten, schrieben, griffen in jeder wachen Minute. Knöpfe und Teig. Unkraut und Wickel. Essig, Lappen und Scheuerpulver. Tätigkeiten, keine Taten. Alle mussten sie wiederholt werden nach einem Tag, einer Woche, einem Jahr. Alltag, Alljahr. Die belegte Stimme: »Ich hab ja dich, Maschenka.« Und die Stille, mit der sie die Rückseite ihrer rauen Finger warm auf Maschas Wange legte. Ja, da hast du mich gehabt. Und jetzt? Um sie herum: schwarze, feuchte Erde wie damals im Gurkenbeet.

Sie ahnt einen Geruch von Torf, Asche und fast verdorbenem Essen. Mascha steht da, mit kaputten Turnschuhen in der feuchten, schwarzen Erde, und der Grund zittert. Ihr wird warm. Deutlich spürt sie, wie das Zittern zunimmt, der Boden unter ihr vibriert. Sie möchte ihren Stand festigen – aber als sie an sich hinabschaut, fällt ihr auf, dass sie ihre Füße nicht mehr sehen kann. Von tief unten hört sie ein höfliches Flüstern: »Wer, bitte, außer dir, erinnert sich noch an sie? Wer kennt noch ihren Namen?« Wenn sie hier den Blick in die Weite hebt, dann sind da dreitausend eingezäunte Gurkenbeete. Sie hat ihrer Tochter von keinem einzigen erzählt.

»Legst du der Kleinen nicht die Finger manchmal auch so an die Wange?«

Sie ballt die Fäuste. Dreitausend Wäschespinnen, dreitausend paar Thrombosestrümpfe. Dreitausend blassgelbe Türen F-H.

Nein, denkt sie sich. So nicht. So ganz und gar nicht. Sucht sich einen guten Stand und sagt sich, dass es egal ist, ob sie dabei ihre Füße sehen kann oder nicht. Spricht laut und klar: »Auf diesen Mist lasse ich mich nicht ein.« Dann starrt sie die Wäschespinnen an, bis sie ihren Namen singen, starrt die Gurkenbeete nieder, bis sie zu Wellen werden, die blassgelben Türen zu ihrem Heer. Sie denkt sich, wart ab, Mücke, du wirst dich nie mit so einer bescheuerten Frage herumschlagen müssen, das verspreche ich dir, ich liefere ihnen etwas, an das sie sich erinnern können.

Im Erwachen stößt Mascha sich den Kopf an der Tunneldecke. Überall Erde. Neben ihr liegt die Stirnlampe, die sie sich gekauft hat, und leuchtet die alte Tür an, die sie hinter sich verkantet hat, weil Tomsonov darauf besteht. Sie friert erbärmlich. Ihr Nacken schmerzt, ihre Füße schlafen weiter. Es ist Viertel nach sechs am Morgen. Nur zehn

Minuten hatte sie sich hier unten ausruhen wollen, nur kurz die Augen – fast sechs Stunden sind es geworden. Um sieben wird das Handy summen, dazu oben der Hühnerwecker der Kleinen krähen. Fünf Minuten für Kaffee, zehn Minuten, um für das Mädchen und sich etwas zu essen zu finden. Auch für den Tröster, wenn es reicht. Fünf, nein, zehn, nein, zwanzig Minuten, und sie hat mit der Kleinen das Gesicht gewaschen und die Zähne geputzt. Dann noch Schuhe und Ranzen und Mütze und ihre Tochter in das Auto setzen, das um 7:35 Uhr im Hof steht und weiter zur Schule fährt.

Mascha reibt sich die Arme. Tätigkeiten. Der Boden unter ihr hält still. Sie zerkrümelt Erde zwischen ihren Fingern. Sandig und kühl fühlt sie sich an, nicht satt und schwer wie im Gurkenbeet. Die Bürste, die Mütze, das Schulauto – wann hat sie der Kleinen das letzte Mal die Rückseite ihrer Finger an die Wange gelegt? Wird Tinka sich später daran erinnern? Sie selbst?

Sie kommt auf die Knie. Neben dem Bohrkopf hat sie sich mit Flüchen und abrutschender Hydraulik einen Spalt erkämpft, etwas breiter als ein Werbeprospekt. In der Nacht war sie zu erschöpft, um klar zu denken, jetzt kann sie es besser erkennen: Es fehlt nicht mehr viel, hinter der Bohrplatte wird die Maschine schmaler, da ist Raum. Sie schaltet ihren hydraulischen Spreizer an, ein schweres, summendes Gerät, das mit stoischer Kraft den Stahlschnabel aufsperrt – das Summen aber ist nur noch schwach, der Akku leer. Sie stößt Luft aus. Nur noch vierzig Minuten für eine Tat – dann eben vierzig Minuten mit dem, was die Arme hergeben. Sie nimmt

Tomsonovs alberne Pfanne, deren Stiel stabiler als die Gartenschaufeln ist, um Erde hervorzukratzen. Sie gräbt damit, bis ihr das Blut in Bewegung gerät, bis sie wieder einen Rhythmus findet, der den Schlaf vergessen macht. Sie hackt und scharrt und schüttet aus ihrer Plastikflasche Wasser zu, damit der Boden aufweicht und sich ihr fügt. Sie wechselt zur Schaufel und wühlt die Bohrkopfkante frei, die unten in den großen Stein verkeilt ist. Weil sie stur genug bleibt und eine gute Stelle findet, kommt sie Bröckchen für Bröckchen voran. Als sie fast ihr Werkzeug nicht mehr halten kann, bricht endlich ein größeres Stück Stein seitlich weg. Sie kann den rostigen Maschinenkörper beleuchten, der sich hinter dem Bohrkopf verbirgt: ein Ungetüm, etwas mehr als drei Meter lang. Sie fühlt sich wach. Dahinter das Dunkel. Es fehlt nicht mehr viel, sie könnte, sie kann – es wird weitergehen.

Sie rennt. Es ist 7:52 Uhr, acht Anrufe in Abwesenheit kommen mit dem Handyempfang. Sie rennt die Kellertreppe hinauf, die Flure entlang und lässt mit jedem Schritt Erde auf den Boden rieseln. Das ist jetzt nicht wichtig. Das Schulauto hupt im Innenhof, wo ihre Tochter fehlt – das sieht sie durch das Fenster. Der Ranzen liegt im Zimmer, von der Kleinen keine Spur, sie ist auch nicht im Obergeschoss. Nicht an der Pforte, von wo es wieder bei ihr anruft, weil der Fahrdienst nach dem Kind fragt.

»Heute kann sie nicht mitfahren. Ihr geht es nicht so«, spricht Mascha gepresst in das Handy, während sie wieder nach unten hetzt und dabei versucht, den Atem zahm zu halten.

Abmelden müsse man sich früher.

»Ich weiß.«

Sie hätten gewartet, jetzt seien alle spät dran.

»Es ist eine Ausnahme.«

Der Fahrdienst lässt merklich verärgert ab, wünscht Besserung, eine gute, und legt auf.

»Mücke?«, ruft Mascha durch die Flure, »Tinka!«, durch die Küchen und das Büro, »Katharina?« den Bewohnerinnen entgegen, die langsam aus den Zimmern kommen.

Zum Tröster. Auch die Gemeinschaftsküche an seinem Zimmer ist leer – zum Glück. Bald wird der Frühdienst kommen. Mascha klopft leise mit einem Finger an seine Tür. Aus dem Zimmer der alten Schmiding rauscht der Föhn. Aus seinem kommt nichts. Mascha wird heiß.

Noch einmal klopft sie, noch einmal wartet sie – da öffnet er und steht groß im Türspalt. Sieht sie mit seinen hellen Augen an und sie weiß nicht, was sie daraus lesen soll – aber hinter ihm lugt ihre Tochter hervor. Der Tröster hebt die Brauen. In flüchtiger Umarmung – er lässt sie kaum – schiebt Mascha sich an ihm vorbei ins Zimmer, um vor ihrer Tochter auf die Knie zu gehen. Die Kleine ist rotfleckig vor Zorn im Gesicht und schnellt, kaum ist Mascha auf ihrer Höhe, auf sie zu. Das Mädchen boxt sie auf den Arm, schlägt ihr kräftig auf die Schulter, trifft auch ihre Rippen, verfängt sich mit den Fingern in ihrem Haar.

»Na!«, flüstert der Tröster und schließt sachte die Tür.

Mascha hält aus und macht die Arme weit.

»Na, na«, der Tröster fängt die Hand der Kleinen, die noch einmal ausholt, in der Luft, lenkt die Kraft von Mascha ab und schüttelt den Kopf.

Im Nachbarzimmer verstummt der Föhn.

»Du warst schon wieder weg!« Obwohl Tinka bebt, spricht sie leise. Wie klug sie schon ist.

»Tut mir leid, Mücke, tut mir sehr leid.«

»Die Kleene hat Schule«, flüstert der Tröster.

»Tut mir leid«, wiederholt Mascha und sieht diesmal ihn an.

Er lässt den Blick zu den Erdbrocken auf seinem Boden wandern: »Ausgerechnet jetzt.«

Es klopft, laut und kräftig.

Ihre Tochter dreht sich erschrocken zur Tür. Mascha schaltet schnell, geht an die Klinke und hält sie fest.

»Hallo?« Die alte Schmiding. Sie hätten vorsichtiger sein müssen.

»Was denn?«, fragt Mascha heraus.

»Sie sind das!«

Sie öffnet die Tür einen Spalt: »Ich mach sauber.«

»Sauber?«, fragt die Alte, sieht an Mascha hinab.

»Haben Sie Ihre Medizin genommen? Ich guck mal mit Ihnen nach.« Mascha zieht den Schlüssel innen von der Tür ab, unterdrückt den Impuls, über die Schulter zu ihrer Tochter und zum Tröster zu blicken, und zwängt sich durch den Spalt in die Küche. Von außen schließt sie ab.

Gerade so schafft sie es, die alte Schmiding abzuschütteln und am Frühdienst vorbeizueilen. Zwölf Minuten braucht sie, um sich in ihrem Zimmer zu waschen und umzuziehen. Sie fegt die Erde auf dem Weg zur Kellertreppe zusammen und schleicht durch die Flure, bis der Tablettwagen oben um die Ecke ist und sie zurück kann.

Im Trösterzimmer liegt die Kleine zusammengerollt im Sessel, hat die Kopfhörer auf und sieht nicht einmal zu ihr hin. Der Tröster steht mitten im Raum.

»So nicht«, sagt er und greift nach dem Schlüssel, den Mascha noch hält.

»Ich musste.«

»Nichts musst du. Gibst dir doch Mühe, das allen klarzumachen.«

Er drängt sich an ihr vorbei durch die Tür. Mascha lässt ihn. Durch die Küche, den Flur entlang verschwindet er.

»Warte!«, denkt sie und der Gedanke macht, dass sie starrsteht. Die Kleine blickt stumm zum Fernseher hin. Enders' bauchiger Rucksack liegt in der Ecke, die Box mit seinen Karten steht auf der Fensterbank.

Sie schließt die Tür, lässt sich neben dem Sessel auf den Boden sinken und tippt ihrer Tochter auf das Bein. Die zieht es weg, aber auch den Kopfhörer einen Spalt vom Ohr.

»Hey«, versucht Mascha.

»Du warst weg, und ich hab Schule.«

»Morgen gehst du wieder, versprochen. Ich hab mich verspätet.«

»Ich will nach Hause.«

»Bald. Noch nicht. Aber der Tröster hat auf dich aufgepasst, oder?«

»Wir sollen lieber Enders sagen.«

»So.«

»Du musst besser auf mich aufpassen.«

»Mücke.« Mascha reibt sich über die wunden Knie unter ihrer frischen Jeans. »Soll ich dir zeigen, wo ich bis eben war?«

Die Kleine nickt.

Tinka
Pfeiferin

Spatzen und Elstern und Tauben und diese Kleinen mit den braunen Schnäbeln, deren Namen sie nicht kennt: Tinka stellt einen Käfig in das Gebüsch an der Mauer und legt eine Spur aus Körnern, die hineinführt. Schon den zweiten Tag hat sie am Morgen ein gesundes Brötchen aus dem Frühstückskorb genommen, obwohl sie Laugenzöpfe lieber isst. Sie hat die Kerne herunter gerieben, gesammelt, damit eine Linie in diesen Käfig gelegt, der vorher leer in einem leeren Zimmer stand. Spatzen und Elstern und Tauben, hört her: Will nicht wenigstens eine von euch kommen und helfen? Für gesunde Kerne?

Sie weiß, früher haben die Leute einen Vogel mit hinuntergenommen, für den Gesang und dafür, dass jemand dabei ist, der sagt, wenn es zu gefährlich wird. Tinka würde immer und nur noch gesunde Brötchen essen, um jeden Tag Kerne zu haben. Sie liegt auf dem nasskalten Steinboden. An die Käfigtür hat sie eine Schnur gebunden, sodass die Tür zufällt, wenn sie daran zieht. Tinkas Hose ist schon klamm, die Mülltonnen, hinter denen sie sich versteckt, riechen nach Aschenbecher, aber sie muss das jetzt aushalten, und Aushalten kann man üben.

Sie muss auch aushalten, dass Enders nicht da ist, dass er seine Sachen einfach im Zimmer gelassen hat, als er gegangen ist und Mama und sie alles mit zu sich nehmen mussten. Auch wenn Tinka am Tor steht und vierzehn Autos lang wartet, kommt er nicht. Selbst wenn sie darüber so wütend ist, dass sie im Musikunterricht die Klangstäbe so fest aufeinanderschlägt, dass Jasmin von ihr wegrückt – und auch wenn sie im neuen Zuhausezimmer seine Blechdose streichelt und bittebitte denkt, kommt er nicht.

Auch Mama muss aushalten: »Weil ich euch eingesperrt habe. Er darf immer gehen.«

»Kommt er wieder?«, hat Tinka beim Frühstück gefragt.

»Ich weiß nicht. Ich glaube, ja.« Tinka hat Mama das Aushalten angesehen.

»Ich auch.«

Ihr Vögel, ihr dürft auch wieder fliegen, ich werde euch wieder freilassen – der Käfig ist nur für eine Weile, manchmal muss man eben etwas aushalten. Ausnahmsweise, es ist ein Notfall und geht nicht anders. Komm, nur eine von euch.

Wenn man Angst hat, soll man singen, hat sie aus einem Film gelernt. Würden sie unten anders singen als hier oben?

Sie spitzt ihre Lippen, konzentriert sich, aber konzentriert sich nicht zu fest – die Luft muss man spüren, nicht hinkrampfen. Sie schafft ein Pusten, kein Pfeifen. Wenn Mama durch die Flure geht, pfeift sie, wie wenn sie sagt, dass alles okay ist. Aber sie geht kaum mehr durch die Flure, sie geht dort unten allein umher und Tinka weiß nicht, ob sie dort unten auch pfeift, dass alles okay ist.

Tinka versucht es wieder, kräftiger – wie fühlt sich Luft beim Pfeifen richtig an?

Wie Mama in den Tunnel blickt, unten am Eingang, als ob da etwas Schönes wartet, doch Tinka sieht nur, dass es dort dunkel ist, kalt und dreckig. Sie weiß, dass Erklären nicht immer geht und dass Weinen manchmal unfair ist. Wenn Weinen nicht geht und Aushalten so schwer ist, was dann? Mama muss doch sicher sein und wiederkommen und bleiben. Kommt doch, nur eine von euch. Sie versucht es zarter. Dann: ihr erster, dünner Pfiff.

Enders
Versteck

Zwischen Enders' Brust und der Verkabelung des Pflegebetts bleibt kaum mehr als eine Handbreit Platz. Die
Rückseite des Lattenrosts ist dunkel verfärbt. Staubflusen
zittern um ihn herum. Er hält still. Würde er die Hand
ausstrecken, er könnte die Pflegerin, die neben Elfis Bett
steht, am Knöchel greifen.

»Sehr gut, Frau Küff.« Sie spricht jede Silbe etwas zu
deutlich und mit einstudierter Fröhlichkeit aus, als sie
Elfi vom Bad zurück in ihr Bett hilft – eine Matratze und
einen Lattenrost über ihm.

Elfi scheint der Tonfall nicht zu scheren. »Draußen,
das Feld – ist wieder Sommer?«

»Erst kommt noch Fasching, dann Ostern.«

»So ein Mist.«

Die Pflegerin richtet ihr Kissen: »Ich weiß. Aber machen wir es uns doch auch im Winter gemütlich. Möchten Sie nicht mal mit rauskommen? Zum Singen? Oder
in den Gemeinschaftsraum?«

Enders kann seinen Atem gegen die Rückseite des
Lattenrosts hören. Warum zur Hölle atmet er so laut?
Ein Husten nur, und die Pflegerin würde schreien. Es
kratzt in seinem Hals, er presst die Zunge gegen den Gau-
men und dreht den Kopf, so leise es geht, zur Seite. Die

Schuhe der Pflegerin sind unwirklich sauber: milchweiß mit mattem Schimmer, einer silbernen Schnalle. Er kann sich nicht erinnern, wann er das letzte Mal ein neues Paar Schuhe in der Hand hatte.

»Irgendwie, ich weiß auch nicht. Wir lüften mal, in Ordnung? Heute ist es hier so – Sie merken das auch, oder?«, die Pflegerin reißt das Fenster auf. Enders glaubt, sich an ihre Stimme zu erinnern, und daran, dass Mascha sie nicht mag. Er spürt seinen Puls an seiner Halsschlagader pochen. Seine Nase juckt, seine Kopfhaut, seine Arme. Stillhalten, denkt er. Ich bin Staub, der sich auf die Möbel legt.

»Keiner merkt was«, antwortet Elfi.

»Nein, ich meine – irgendwas ist heute. Viele schlafen schlecht, sind ganz aufgekratzt. Geht es Ihnen gut?«

Elfi gluckst: »Ganz ruhig. Da ist nichts. Haben Sie Ihre Medizin genommen?«

»Ja, da sagen Sie was«, die Pflegerin klingt verlegen und schließt das Fenster, »ich lasse ein bisschen Obst da. Probieren Sie wenigstens, okay? Und trinken nicht vergessen.«

Als sie die Tür hinter sich geschlossen hat, bleibt Enders liegen, die Hände auf beiden Seiten neben sich fest auf den Boden gepresst.

Gestern, unten im Treppenhaus, stand er vor der Doppelglastür des schmalen Mitarbeitereingangs und hat es sich vorgestellt: Die Tür öffnen, die Straße entlang, zum Tennisheim gehen, an der Gabelung den Weg zur Stadt wählen. Zurück zum Amt. Warten, sich zusammenreißen, die Lage erklären. Das ist doch nicht weiter schwer, hat er sich gesagt, sich auf die Treppe gesetzt und zugesehen, wie

draußen im teigig-gelben Licht der Morgen vor sich hin-
welkt. Mascha, verdammt noch mal, hast du abschließen
müssen?

Dort auf den Stufen ist er sitzen geblieben, und der
Morgen ist zum Mittag, ist zum Nachmittag geworden.
Am Abend knurrte Enders der Magen, und er spürte einen
unglaublichen Druck auf der Blase. Er sah den Lieferdienst vorfahren, wie die isolierten Abendessenboxen zum
Haupteingang gebracht wurden, sah den Lieferdienst abfahren. Er pinkelte, nachdem er den einzelnen, kaputten
Knirps herausgenommen und vorsichtig auf die Stufen
gelegt hatte, in den Plastikschirmständer neben der Tür.
Als er sich später zurück auf sein Zimmer schleichen
wollte, fand er es ausgeräumt und sauber vor. Das Bett war
abgezogen, all seine Sachen verschwunden. In Maschas
Zimmer herrschte Chaos: Kleidung und Spielzeug lagen
auf dem Bett und Boden verstreut, Erde, Geschirr – von
ihr, der Kleinen und seinen Sachen keine Spur. Auf seinem
Handy kein Anruf, bei Mascha kein Empfang.

»Dass du kommst!«, hat Elfi ihn begrüßt, als er kurz
darauf in ihrer Tür stand.

Er hört, wie die Pflegerin ihren Wagen aus der Küche
durch den Flur von ihnen fortschiebt. Er zieht sich unter
dem Bett hervor und lässt sich zurück in den Sessel fallen.
Er braucht eine Weile, bis er wieder normal atmen kann,
will sich vor Elfi nichts anmerken lassen.

»Elfi. Danke.«

»Ich sag nichts.«

Auf dem Nachttisch steht ein Teller mit drei Apfel-
und zwei Mandarinenspalten.

»Das ist nur für eine Weile.«

»Ja, ja.«

Er nimmt sich ein Stück Apfel und hält ihr den Teller hin. Sie lehnt ab, hebt das Kinn zum Fernsehgerät: »Mach was mit Sommer an.«

Mascha
Puls

Hinter der Tür das leere Trösterzimmer. Mascha korrigiert sich: Enders' Zimmer. Ein Zimmer eben, in dem er einmal war – und in dem gestern noch seine Sachen lagen, die sie nun im Keller versteckt hat, bevor die alte Schmiding jemanden hinführen würde. Auch jetzt schleicht die Schmiding in ihrem blauen Morgenmantel um die Tür, obwohl sie sonst um diese Zeit längst bei Lore im Hauptgebäude sitzt.

»Leer.« Mascha öffnet ihr das Zimmer mit großer Geste. Sie hat Staub gewischt, sein Bett abgezogen. Wie lange hätte das alles auch funktionieren können?

Die Schmiding schiebt sich an ihr vorbei, inspiziert den Raum bis in alle Ecken. »Es war abgeschlossen.«

»Jetzt ist offen.«

»Hier spukt es«, sagt die Schmiding knapp und steckt die Nase in den leeren Schrank.

»So ein Quatsch.«

Frau Küff stöhnt kaum mehr beim Waschen, sie keucht nur noch leise vor sich hin.

»Spucken Sie die Tabletten nicht mehr aus dem Fenster?«

Frau Küff antwortet nicht. Mascha erwischt sich dabei, wie sie glaubt, unter dem Atem der alten Frau noch einen zweiten, fremden, zu vernehmen und bekommt Gänsehaut.

Im Flur lauert Frau Bach ihr auf.

»Frau Heerdmann, bitte. Möchten Sie einmal mit in mein Büro kommen.«

»Keine Zeit, leider. Was ist?«

»Ich höre Beschwerden über Sie.«

»Von wem?«

»Das kann ich Ihnen nicht sagen.«

»Na dann.«

»Hören Sie«, sie senkt die Stimme, »ein paar Dinge gehen hier einfach nicht. Ihre Tochter isst Bewohnern das Essen weg – wir haben bewusst eigene Mahlzeiten für sie bestellt. Und, nun ja, jemandem sind Ihre Fingernägel aufgefallen.«

Mascha verschränkt die Arme.

»Ich möchte gern auch weiterhin hinter Ihnen stehen«, fährt die Bach fort und mustert sie.

»Es fehlt Ihnen diese Woche wieder jemand, oder?«

»Darum geht es nicht.«

»Wann fehlt jemand?«

»Wirklich nicht. Aber – Sonntagnacht.«

»Übermorgen? Tragen Sie mich ein.«

Die Bach lächelt schmal. »Sie wirken erschöpft.«

Nicht mehr als sonst, denkt Mascha und antwortet: »Gehört dazu.«

»Ruhen Sie sich aus, nehmen Sie ein Bad. Aber kommen Sie trotzdem bitte einmal in mein Büro. Ich möchte in Ruhe hören, wie es Ihnen geht und ein paar Perspektiven mit Ihnen besprechen. Außerdem – es gäbe da eine Nachmittagsbetreuung für Ihre Tochter. Die Kollegen von der awo bieten etwas an.«

»Verstehe.«

Ihre Tochter sitzt auf dem Bett und schaut Cartoons. Sie hat Enders' Blechdose auf dem Schoß.

»Ist das seine Lieblingsdose?«, fragt sie und rückt dicht an Mascha heran, als sie sich zu ihr setzt.

»Ja, die ist ihm wichtig.«

Die Kleine streichelt das Blech, als wäre es ein schlafendes Tier.

Mascha hält die Körperwärme der Kleinen nicht aus, rückt von ihr ab, steht auf. Geht zum Fenster, zur Pinnwand, zur Tür. Ihr wird schwindelig, es kommt ihr vor, als würden die cremefarbenen, glänzenden Wände auf sie zufallen.

»Mama?«

»Mücke, ich muss noch mal runter. Nicht lang.«

Tomsonov wälzt sich in seinem Sessel im unruhigen Schlaf. Er hat die Beine angezogen, sich ganz in die Kuhle des durchgesessenen Polsters gewühlt. Mascha nimmt das Deckenknäuel von der Heizung unter seinem Fenster, entwirrt es, deckt ihn zu. Seine Augen zucken unter seinen dünnen Lidern.

Unten, im Dunkel, wird es besser. Mascha leuchtet auf dem Erdboden liegend an der Bohrkopfplatte vorbei durch den geweiteten Spalt und versucht zu erkennen, was sich dahinter befindet: die Maschine, etwas mehr als drei Meter lang, Metallstreben. Erde und Schutt auf einem Band. Jemand hat versucht, sich hierher durchzugraben – vor vielen Jahren, sagt der Rost. Er lässt die Maschinenteile mürbe aussehen, schafft kantige Zähne und verwischt den Übergang zwischen Dreck und Metall. Eine Kaserne zum

Heim gemacht – Mascha erinnert sich an das Hochglanz-prospekt, das einmal auf ihrem Wohnzimmertisch lag, den Abschnitt »Geschichte des Hauses«. Oben wurde früher gedient, jetzt wird ausgedient. Wollte einmal jemand herein, heraus, etwas erobern, jemanden befreien? Im Internet ist nichts zu finden und aus Tomsonov nichts herauszubekommen, selbst wenn er wach ist und gerade gut beieinander.

Ein Spalt also, durch den sie passen wird. Mascha prüft, ob ihre Stirnlampe sitzt, rückt heran und tastet am Bohrkopf vorbei, bis sie eine Metallstrebe zu fassen bekommt. Konzentriert atmet sie aus. Nicht zögern. Sie ist schmal und stark, sie kennt sich und ihren Körper – was Gutes, ein Raum, etwas, von dem sie Tinka erzählen kann – und zieht sich, Stein schabt über ihre Hüfte, auf die andere Seite. An der Maschine muss sie sich mit Ellenbogen und Füßen vorbeischieben, das Stück ist beschwerlich, aber kurz. Dahinter kann sie auf die Knie kommen und sich hochziehen. Hier beginnt, was die Maschine gegraben haben muss: ein Abschnitt, rund, gerade hoch genug, um darin zu stehen, nach hinten hin oval und zimmerhoch, lang genug, um eine Stuhlreihe aus dem Amt hier aufzustellen. Sie muss lachen. Die Tasche Luft um sie herum schmeckt abgestanden, ein leichter Zug geht darin. Schmale Schienen liegen hier und verschwinden nach einem kurzen Stück in Erde, die sich hinten bis knapp unter die Decke türmt. Ein Balken ragt dort gebrochen von oben herab. Wenn das die Balken sind, die am Stützen scheitern, was hätte eine alte Tür ausgerichtet? Was muss das für ein Spektakel gewesen sein, als sie gebrochen sind?

Sie sollte umdrehen. Ihre Tochter wartet. Darauf, mit ihr Dame zu spielen, darauf, dass sie ihr Brote schmiert, die Hausaufgaben kontrolliert. Es könnte doch genug sein, stillzuhalten und der Kleinen dabei zuzusehen, wie sie lernt schneller zu rennen und höher zu springen, bis sie irgendwann groß genug ist und – Mascha wird schlecht.

Ihr hat man einmal zugesehen. Mascha erinnert sich an das blasse Gesicht ihrer Mutter im Fenster, in der Nacht, als Mascha fünfzehn Jahre alt und gerade die Regenrinne heruntergeklettert war – und daran, wie sie in diesem Moment dachte, dass sie sich nur nicht hätte umdrehen und nach oben sehen sollen.

»Maschenka, wie wars in der Schule?«, hatte ihre Mutter gefragt, als sie am nächsten Nachmittag, einem Samstag, mit ihrem ersten Kater wieder nach Hause kam. Mascha hatte ihr angesehen, dass sie die Nacht auf dem Stuhl am Fenster verbracht hatte.

»Mascha, Maschenka, aber heute Abend machen wir zwei beide es uns zu Hause schön, ja?«

Hier sieht ihr niemand zu. Ihrer Tochter geht es oben gut, sie wird sich etwas zum Erleben suchen: Mit dem Rollator die Flure entlangrasen, sich Süßigkeiten und Klimpergeld ergaunern. Mascha lässt ihr Licht die Erde entlanglaufen, die sich vor ihr häuft. Unter der Decke ist noch Raum, auch hier könnte es weitergehen. Ihr Licht braucht den richtigen Winkel. Vorsichtig erklimmt sie den Erdhaufen. Obwohl die Neigung flach ist, muss sie bald die Hände zur Hilfe nehmen. Im Stirnlampenkegel erkennt sie Schutt, ein paar Brocken, an denen sie sich vorbeiarbeiten könnte und dahinter: tatsächlich, ein Raum. Er ist länglich, gestützt sogar und führt in eine Bucht, etwa wohnzimmergroß. Weitere Balken und Schienenteile liegen hier, und an der hinteren Wand – sie muss zwei Mal hinsehen – ragt eine Bank halb aus der Erde heraus, die sie an die Bushaltestelle vor der Mauer erinnert. Sie leuchtet, so gut es geht, die Wände ab. Es scheint keinen weiteren Zugang hierher zu geben, selbst bei der Bank bilden die erdigen Wände eine glatte Raumblase.

Als sie sich streckt, um besser zu leuchten, rutscht ein Stein in der lockeren Erde unter ihrem Fuß weg. Mit einem Schrecklaut hält sie sich am gebrochenen Balken fest – ein Splitter fährt ihr in den Handballen, das Holz beginnt schon nachzugeben, aber Mascha lässt los, sodass nur ein Knarren bleibt und Staub. Sie stolpert rückwärts. Heute nur bis hier. Sie hat etwas geschafft, kann das Wissen darüber mit nach oben nehmen.

Am Bohrungetüm legt sie sich hin, dreht sich auf die Seite und sucht nach dem Weg. Sie muss ein Hohlkreuz halten, kann sich nur mit den Füßen voranschieben. Ihr wird heiß, als sie, schon in die Spalte geschmiegt, den Bohrkopfrand von hier aus nicht zu greifen bekommt. Metallstreben liegen starr an ihrem Bauch, Gestein an ihrem Rücken. Als sie auch mit dem Fuß immer wieder abrutscht und sich die Hüfte schmerzhaft an einer spitzen Kante verklemmt, probiert sie, sich zurückzuschieben, um neu anzusetzen – doch auch in diese Richtung geht es kaum. Sie kann den Kopf nicht heben, die Ellenbogen nicht weit genug beugen. Mit den Händen will sie Druck aufbauen, dabei spürt sie den Splitter in ihrer Hand und die beginnende Schwellung. Sie spürt auch allzu deutlich, wie oft sie schon den Bewohnern oben beim Aufstehen und Sich-Setzen geholfen, an ihren Gummistrümpfen gezerrt und sie beim Waschen gestützt hat. Wie sie Tinka am Abend noch an den Armen gehalten und um sich herumgewirbelt hat, weil die Kraft, die übrig sein muss, ihre Entscheidung ist. Sie beginnt zu zittern. Sie denkt an Enders und daran, wie er sie in den Arm nimmt, bei ihrer ersten Begegnung auf dem Dach des Möbelhauses. Seine Arme um ihre Schultern, seine warmen, großen Hände. Wenn er wirklich nicht mehr zurückkommt, zu seiner albernen Dose – zu ihr? Sie ist allein hier, ihre Tochter ist allein da draußen. Nicht liegen bleiben. Ihre Tochter im Bett warm an ihren Bauch geschmiegt. Das Gefühl, wie Tomsonov an ihr zerrt. Mascha findet mit dem Fuß Halt, kann die Hüfte heben und sich nach vorn schieben, bekommt den Metallrand in die Finger – und es geht.

»Tomsonov?«

Ihr Herz rast. Mascha stolpert in den Kellerraum und streckt die Arme aus, streckt sie bis zur Decke, dreht sich, stößt ein bellendes Lachen aus, hüpft einmal auf und ab. Sie atmet auf.

»Tinka?«

Niemand ist ihr gefolgt. Ein Teddybär, den ihre Tochter auf der Plastikplane hat liegen lassen, guckt zur Kellerdecke.

Hier unten hat sie kaum Empfang, den kleinsten Balken nur, trotzdem ruft sie an: Enders Ikea. Es klingelt. Ihm alles erzählen, ihm zeigen – warum hat sie nicht längst? Komm mit. Auch Tomsonov, auch die Kleine. Kommt! Ein Raum, ein Tunnel – Gefahr ja, aber was ist das schon, wenn danach der Puls so geht?

Es klingelt und klingelt, bis die Mailboxstimme das Klingeln unterbricht.

Sie nimmt die Lampe ab, schüttelt sich das Haar aus und streift die sauberen Sachen über, die sie sich zurechtgelegt hat.

Nachtlieder II

»Mücke, komm her. Kannst du nicht schlafen?«

»Gibt es dort einen Schatz?«

»Wo?«

»Unten. Im Keller, da.«

»Ich glaube nicht. Komm unter die Decke.«

»Ein Monster?«

»Bestimmt nicht.«

»Wenn doch?«

»Falls da eins ist, komme ich dagegen schon an.«

»Wie?«

»Ich wehre mich.«

»Aber, wenn man nicht kämpfen will?«

»Kann man sich leider nicht immer aussuchen.«

»Doch.«

»Nicht alles. Hast du Platz?«

»Ich muss immer an Enders denken.«

»Wir passen doch zusammen auf seine Sachen auf.«

»Ich war früher gemein zu ihm.«

»Du hattest Angst, hm?«

»Du nicht.«

»Du hast ja auch keine mehr.«

»…«

»Möchtest du jetzt nicht doch mal Einschlafen probieren?«

»Ich kann nicht.«

»Wirklich nicht? Mal die Augen zumachen und versuchen, wie sich das anfühlt?«

»Wenn da doch eins ist?«

»Ein Monster? Da ist keins. Und hier oben erst recht nicht.«

»Trotzdem.«

»Okay, Mücke. Es war einmal …«

»Mama?«

»Hör mal zu. Es war einmal ein Mädchen, das hatte eine Mutter, die sich gar nichts traute. Kaum einmal mehr vor die Tür, nur noch in den Garten ging. Sie glaubte, dass es draußen gefährlich ist und jeder Fremde ein Mörder. So viel Angst hatte sie, dass sie nur noch ganz bestimmtes Essen aß, Gurken, Zwiebeln und Tomaten, meistens aus dem Garten, dazu selbst gebackenes Brot, weil sie glaubte, dass das Essen von draußen krank macht.«

»Warum?«

»Ich weiß es nicht. Es gab keinen Grund. Trotzdem wollte sie nirgendwo mehr hingehen. Jeden Tag blieb sie zu Hause, auch als das Mädchen, ihre Tochter, in die Schule ging.«

»Und arbeiten?«

»Ja, das war ein Problem. Sie arbeitete eigentlich die ganze Zeit: strickte, stickte und putzte. Und putzte. Aber Geld verdienen konnte sie nicht. Sie hatte jemanden, der ihr öfter etwas Geld überwies und das Kindergeld. Rausgehen, einkaufen, zum Geldautomaten und all das hat die Tochter übernommen.«

»Hatte sie auch Angst?«

»Manchmal. Als sie alt genug wurde, nicht mehr.«

»Wie alt?«

»Dreizehn, vierzehn vielleicht. Am Anfang war das mit der Mutter noch nicht so extrem.«

»Mit vierzehn.«

»Ja, in etwa. Das Mädchen war in dieser Zeit auch oft ziemlich sauer auf seine Mutter. Es hat sie angeschrien und gesagt, dass es keine Lust mehr hat, einkaufen zu gehen oder Geld abzuheben oder sonst irgendetwas zu tun, das bei anderen die Mütter übernehmen.«

»Das war gemein.«

»Na ja. Sie haben sich wieder vertragen. Ein Zeichen für das Vertragen war, dass die Mutter dem Mädchen die Haare gekämmt und dabei davon gesprochen hat, wovor es sich in Acht nehmen müsse: Krankheiten, Gift, Mörder, Monster. Dem Mädchen aber ist irgendwann aufgefallen, dass die Welt gar nicht so gefährlich ist. Dass man sich schon in Acht nehmen muss, aber vor anderen Sachen.«

»Frau Nowak.«

»Ja, zum Beispiel. Beim Einkaufen ist es oft länger weggeblieben und hat andere Orte besucht: die Stadt, die Häuser ihrer Schulkameradinnen, den See. Manchmal hat es der Mutter davon erzählt – und dass dabei gar nichts passiert ist. Es hat sie gebeten, mitzukommen, es selbst zu sehen. ›Und wenn da ein Mörder ist und wir sterben?‹, hat die Mutter dann gefragt und wurde immer dünner, weil nur Brot und Gemüse nicht viel ist. In der Wohnung ging langsam alles kaputt, obwohl die Mutter darin den ganzen Tag arbeitete. Irgendwann hatte die Mutter sogar Angst vor dem Garten und hat dem Mädchen gesagt, es solle sich auch noch um das Gurkenbeet kümmern, die Tomaten und den Rest. Das wurde dem Mädchen zu viel.

Es konnte nicht jeden Tag nur backen und putzen und drinnen bleiben. Es wollte Abenteuer.«

»Was für?«

»Alle der Welt. Auf jeden Fall ist das Mädchen dann erwachsen geworden, ausgezogen und hat sich geschworen, nie Angst zu haben. Es hat sich geschworen, selbst herauszufinden, ob jemand Räuber ist oder nicht, und davon auszugehen, dass die meisten Menschen keine sind. Es wollte das allein herausfinden und hat nicht mal ein Handy mitgenommen.«

»Und die Mutter?«

»Ist geblieben. Das Mädchen war mehr als ein Jahr lang nicht bei ihr. In dieser Zeit hat es viel gelernt. Über Räuber, über Gift, wie man sich wehrt. Als es zurückkam, wollte es sich bei der Mutter entschuldigen, so richtig, und ihr etwas Wichtiges erzählen – aber es wohnte auf einmal jemand anderes dort. Die Gurkenbeete waren weg. Das Mädchen musste zum Amt, wo viele Briefe für es warteten. Man hatte es lange gesucht, aber nicht finden können. Einer der Briefe war besonders wichtig, in dem stand …«

»Was?«

»Ach, Mücke. In dem stand, dass das alles nur ein Test für das Mädchen war. Dass es diesen Test bestanden hat – denn es hat Mut bewiesen und ist losgezogen und hat etwas in der Welt erobert. Und dann kam die Mutter wieder, hat das Mädchen fest in den Arm genommen und dann lebten sie, bis sie gestorben sind.«

»Das ist eine dumme Geschichte.«

»Vielleicht.«

»Warum erzählst du sie mir?«

»Damit du sie kennst.«

»Warum?«

»Es ist gut, auch die dummen Geschichten zu kennen.«

»Gehen wir Enders suchen?«

»Wir können morgen noch mal anrufen. Er kommt klar. Es geht ihm gut, bestimmt.«

»Bleibst du noch bei mir?«

»Bis du eingeschlafen bist.«

»Länger?«

»Seemann, lass das Träumen
Denk nicht an zuhaus
Seemann, Wind und Wellen
Rufen dich hinaus.«

»Mama, lieber nicht singen.«

Tomsonov
Bleib

Man hat ihm Geld gestohlen. Auch seine Notenblätter, er hatte sie im Bad zwischen den Handtüchern versteckt – Tomsonov ist sich sicher. Jetzt ist von ihnen keine Spur mehr. Das Armband mit dem Türchip fehlt schon lange, kaum war er hier, haben sie es ihm geklaut. Seine Pfanne – es gibt hier doch genug Pfannen, warum sollte man ihm seine Pfanne nehmen? Aber sie haben.

Tomsonov geht auf und ab. Das Zimmerlicht brennt ihm einen Kopfschmerz ein. Mit fahrigen Händen sucht er nach dem Schalter – kaputt, er ist kaputt. Das Licht bleibt und mit ihm, am Rand seines Sichtfelds, auch der graue Fleck, durch den geometrische Blitze zucken. Sein Kopf dröhnt, es fühlt sich an, als hätte man sein Gehirn in einen Schädel gepresst, der eine Nummer zu klein für ihn ist. Auch durch das Fenster dröhnt ihm Licht entgegen. Man hat ihm nachts die Decke wieder abgenommen, mit der er die Scheibe verdeckt hatte. Ob sie unten stehen und ihn beobachten, in seinem Elend? Ob sie notieren, wohin er sich beugt, wo er seine Sachen aufbewahrt? Tomsonov zieht die Decke vom Sessel, will sie wieder in den Fensterrahmen klemmen – doch er stolpert und stößt dumpf mit dem Schienbein gegen den Nachttisch. Eine leere Getränkedose scheppert zu Boden.

Vor der Tür Geräusche: ein Rascheln, ein Klopfen, ein Rascheln. 40 Mark hatte er in bar in der Börse, die Börse in der Tasche – die Börse lag auf dem Nachttisch, noch 30 Mark sind übrig. Kommt Schlaf, kommt Verrat. Wie oft haben sie schon gestohlen, wie oft hat er es bemerkt? Der graue Golf kostet 650 Mark. Die Zeitungsanzeige, in der das Auto angeboten wurde – wann hat er sie gesehen? Der graue Fleck, der Kopfschmerz, das Licht – wie soll er so lesen? Er kann so nicht mehr lesen. Ein Wimmern geht Tomsonov durch, ohne dass er etwas dagegen tun kann. Es muss zu lange hergewesen sein. Es gibt keine Zeitungsanzeige mehr, er kann auch keine mehr lesen, er steckt hier fest.

Er tastet nach dem Sofakissen und ist beruhigt, es genauso schwer vorzufinden, wie er es zurückgelassen hat. Im Bezug hinter dem Reißverschluss stecken noch seine Weinbrandflaschen, zwei leer, eine voll. Als er den Deckel der vollen abdreht, zittern ihm die Hände. Ein Klopfen, ein Schaben, ein Klopfen, wie nah? Sie stehlen hier, und er hat nicht mehr viel. Er muss besser darauf achten, wer davon weiß. Es klopft, einmal, zweimal – an seiner Tür. Haben sie jemanden geschickt, nach all den Jahren, der kommt, um ihn zu holen? Endlich, denkt er und lässt die Flasche sinken.

Es klopft wieder.

»Ich hab was Gutes, hörst du?«, spricht es durch die Tür. Die Stimme seiner Tochter, nein, seiner Exfrau, Frau, seiner – es öffnet die neue Pflegerin. Tomsonov reibt sich die Schläfen.

»Was hast du?«, fragt sie.

Er winkt ab. Hebt die Decke vom Boden auf, streicht seinen Pullover glatt. Die neue Pflegerin, die neue Pflegerin.

»Kommst du mit?«, fragt sie.

Das Mädchen sitzt auf der Plastikplane vor dem Tunneleingang. Es hat die Arme um die Knie verschränkt, ein Stofftier vor der Brust, schaut misstrauisch ins Dunkel.

»Kind«, sagt Tomsonov und hört Bedauern in seiner Stimme. Die Kleine weicht seinem Blick aus.

»Mücke, willst du nicht doch mal reinkommen?«, die neue Pflegerin streicht ihr über die Haare, »ein paar Schritte nur?«

Das Mädchen schüttelt den Kopf.

»Ich geh noch mal mit Herrn Tomsonov, okay?«

»Das Kind —« Tomsonov weiß nicht, was er sagen könnte. Die Kleine sieht verloren aus, hier unten zwischen den Erdhaufen, dem Gerümpel, dem Werkzeug und Schutt.

»Sie kann das für sich behalten, keine Sorge. Mücke, du musst nicht warten.«

Er sieht nicht, wie das Mädchen reagiert, denn die Pflegerin schiebt ihn an den Schultern in den Tunnel.

»Da durch«, sagt sie und leuchtet in den Spalt, der neben dem Bohrkopf klafft, nicht ganz einen halben Meter breit, schartig und grob.

»Eine Drecksarbeit, aber jetzt müsstest du durchpassen. Sagst du mir endlich, was das ist?«

Tomsonov, auf Knien, lehnt seine Stirn an die kühle Bohrkopfplatte. Er lauscht, sagt: »Ich weiß nicht.« Da ist nichts. »Nichts mehr.« Oder doch?

Er erinnert sich an Musik. Ein Bass, ein Bass, ein Trommeltakt. Er denkt an das Mädchen, das draußen auf der Plane sitzt und den Blick abgewendet hat. Er versteht, warum sie ihn nicht ansieht, schon zu oft hat sie auf ihn warten müssen auf einem Teppich mit buntem Straßenmuster, in einer Wohnung unter staubigem Himmel. Er hätte ihr etwas sagen sollen. Sagen, dass er nicht bleiben kann, aber wiederkommt, regelmäßig. Dass sie wieder Spielzeugautos ineinanderkrachen lassen werden, bald, dass er ihr zeigt, wie man ein Werkzeug zum Schlösserknacken baut, auch wenn die Schichtarbeit es kaum zulässt, auch wenn seine Frau, seine Exfrau es kaum zulässt, auch wenn – sein Kopf schmerzt so sehr, auch seine Hüfte.

»Natürlich ist da was«, antwortet die neue Pflegerin, »seitdem ich vorbeigekommen bin – die Erde wird wärmer. Da ist ein Raum, die würden uns für verrückt halten. Sitzplätze. Man kann sich ausruhen.«

Selbst wenn er die Augen schließt, bleibt der graue Fleck und wabert hinter seinen Lidern. Ein pelziger Geschmack hat sich auf seine Zunge gelegt.

»Ich kann nicht«, sagt Tomsonov und denkt, ich will nicht mehr.

»Quatsch«, antwortet die Pflegerin und berührt ihn am Unterarm. »Klar kannst du.«

Jemand hat ihn einmal am Arm gepackt, mit sich gezogen. Da waren blaue Flecken. Da waren Stöße und Ellenbogen in seinem Rücken, ein Anorak in seinem Gesicht, ein klebriger Boden an seiner Wange – wann, zur Hölle?

»Zur Not vielleicht sprengen?«, sagt sie. »Blaukorn, Ammoniumnitrat.«

179

Wenn Tomsonov sich nicht konzentriert, ist es, als würde er eine Treppe herunterstolpern und fallen, zucken im Fall und nie am Boden aufkommen, immer fallen. Er hat sich rückwärts bewegt, weg von ihr, weg von Bohrkopf und Ortsbrust.

»Bleib«, sagt sie, »bitte«, und hält ihn fest.

Ein Mädchen saß einmal auf einer Plane im Dreck, einmal auf einem Kinderteppich mit Straßenmuster in einem Plattenbau am Stadtrand und sah verloren aus. Ein Mädchen, eine Frau. Bitte, sagt sie. Tomsonov presst eine Handwurzel auf die Stirn und konzentriert sich.

»Was hast du denn?«

»Sprengen willst du? Bist du verrückt?«, antwortet er erschöpft und lässt sich von ihr die Rückseite ihrer Finger an die Wange legen.

»Geht es auch so schon?«

»Geht nicht. Zu eng. Vielleicht mit Flex, ist aber sehr dumm hier unten. Brauchen wir Musik. Und Tabletten gegen Kopf.«

Enders
Scherben

Elfis Tabletten haben dem Ort unter ihrem Bett Weite und Würde verliehen. Sie haben Enders' Puls ruhig gehalten und ihn davor bewahrt, im Schlaf um sich zu treten. Schon die zweite Nacht hat er vor sich hindämmernd die Enge akzeptiert. Wenn er so liegt und durch das Mittel seinen spannenden Nacken vergessen kann, erinnert er sich an das Gefühl von Nebel im Gesicht, an die weißen Schuhe mit der silbernen Schnalle. Einmal ist es ihm so vorgekommen, als wäre er in Maschas Wohnung und könnte durch die Kinderzimmertür hören, wie sie ihre Kleine ins Bett bringt. Einmal ist es ihm so vorgekommen, als säße er mit Mascha in der Badewanne, als würde sie ihm einen Schwall Schaum ins Gesicht spritzen. Als die Wirkung der Tabletten nachgelassen hat, warten drei verpasste Anrufe von ihr auf seinem Handydisplay.

»Wo bist du?«, fragt sie ihn. Wieder krisselt es in der Leitung. Es klingt, als sei Mascha weit entfernt.

»Ich bin in der Stadt«, antwortet er, während er unbequem auf Elfis heruntergeklapptem Toilettensitz hockt.

»In der Wohnung?«

»Nein.« Nach einer Pause ergänzt er: »Bei Grunja.«

»Die Kleine vermisst dich.«

»Und du?«

Mascha atmet in den Hörer: »Es ist gerade alles ziemlich viel. Die Arbeit. Sie wollen Tinka in eine Betreuung stecken. Und mich – ich weiß nicht, die Bach hat mich auf dem Kieker. Sag mir, dass du klarkommst.«

»Immer«, antwortet Enders im Reflex und stemmt einen Fuß gegen den winzigen Heizkörper, »weißt du …«

Seine Socke ist fleckig und hat ein Loch.

»Was?«

»… wenn ich Arbeit gefunden habe …«

»Ist gut.«

»Ist es nicht. Es ist beschissen.«

»Enders, ist gut.«

»Eine beschissene Scheiße ist es.«

»Enders.«

»Ein Drecksleben und eine Scheiße.«

»Ja und? Dann wühl dich raus.«

Enders steht auf. Einen halben Schritt, und er steht in der ebenerdigen Dusche, einen halben Schritt, und er steht wieder vor der Toilette. Verdammt noch mal, Mascha.

»Deine Sachen sind noch bei uns. Kommst du sie holen?«

»Schmeiß sie weg.«

»Hey.«

»In den Müll.«

»Wenn du so bist – das kann ich gerade nicht. Sag Grunja …«

Enders schmettert das Handy mit einer solchen Wucht gegen das Waschbecken, dass das Display splittert. Der Zahnputzbecher klappert gegen die Wand. Er wischt die Cremedose und den Seifenspender zu Boden, tritt dann gegen die Duschwand, einmal, zweimal. Sein Fuß schmerzt, da ist ein Riss im Kunststoffglas – und er schlägt mit der Faust noch einmal nach, wieder und wieder.

Es muss Elfi schwergefallen sein, die Tür zu öffnen, sie braucht mehrere Versuche. Als sie es schafft, sitzt Enders auf dem Boden zwischen Cremedose und Scherben: »Elfi, ich weiß nicht, wo ich hinsoll.«

»Du? Du bist jung. Ich bin nicht mehr lange da, auch wenn du randalierst.«

Tinka
Springerin

Das Eisentor summt, als das Fahrdienstauto mit Tinka hält. Es summ-summt weiter, als sie aussteigt und winkt, bis der Fahrer mit Benni aus der Dritten wieder losfährt. Als sie gerade am Tor ankommt, hört es zu summen auf. Tinka macht ein genervtes Geräusch und drückt dagegen. Wegen der Kälte muss sie nach einer Weile ihre Hände kurz ausschütteln – und natürlich summt es genau dann. Sie lehnt sich mit der Schulter an, wartet, aber anlehnen zählt ja nicht. Also macht sie noch ein genervtes Geräusch, und winkt mit beiden Armen zur Pforte, um zu zeigen, dass sie wieder fair probiert. Zur Antwort summt es einen Millimoment. Diesmal passt Tinka es richtig ab, das Tor lässt sich öffnen.

»Du wirst besser!«, begrüßt sie Pfortenmichi, als sie vom Hof durch die Schiebetür hineingeht.

»Oder du halt schlechter«, antwortet Tinka und Pfortenmichi grinst.

»Ich habe ein megaschweres Paket für deine Mum. Kommt sie es bald holen?«

Tinka weiß, dass Darauf-Hoffen, dass Mama einfach frei-hat und irgendwo oben ist, nichts bringt. Deshalb hofft sie stattdessen, dass sie sie gleich auf dem Flur beim Arbeiten trifft und geht einen Umweg im Erdgeschoss, um eine Kurve länger dafür zu haben. Es könnte auch noch klappen, zu hoffen, dass Mama gerade genau aufhört zu arbeiten. Dass sie wieder müde ist und mit zum Zimmer kommt, so müde, dass sie sitzen bleibt – besser, so müde, dass sie sich wieder hinlegt. Tinka würde Prinzenrolle oder Flädlesuppe besorgen, sich an Mamas Bauch kuscheln und die Decke über sie beide ziehen. Sie würde nicht fragen, wann Enders wiederkommt, oder wann sie nach Hause gehen. Sie würde auch nicht erzählen, wie heute die Relilehrerin in ihre Richtung geguckt hat, als es um Arten des Armseins ging. Sie würde gar nichts sagen, nur kuscheln und warten.

Die Tür bei Frau Bach steht offen. Am Büro vorbei soll Tinka sich gut benehmen, also stopft sie das Ende ihres Schals, das auf dem Boden schleift, in ihre Jackentasche. Aus dem Zimmer kommen Frau Bachs und Frau Nowaks Stimmen.

Die Heerdmann ist nicht zu erreichen,
die Heerdmann ist wieder nicht hier,
die Heerdmann ist nicht zu erreichen,
jetzt sag mir, was mach ich mit ihr?

Tinka nähert sich der Tür, will schnell vorbeihuschen, da ruft es ihr aus dem Zimmer hinterher: »Kommst du mal bitte?«
Frau Bach sitzt am Schreibtisch, Frau Nowak steht davor. Beide sehen sie ernst an und sagen erst einmal gar nichts, bis auch Tinka am Schreibtisch ankommt.

»Was?«

»Hast du Geld genommen, das dir nicht gehört?«

Tinka versteht, dass Frau Nowak mit »nehmen« »klauen« meint. Sie hat Doris mit dem blauen Mantel gestern vier Mal für je einen Euro erzählt, wie alt sie ist. Wenn bei Lore etwas rumliegt, fragt sie und sagt »bitte«, bevor sie es aufhebt. Sie hat sich bei Herrn Tomsonov etwas geliehen, als er geschlafen hat, und kann ihn seitdem nicht mehr richtig ansehen.

»Nein.«

Frau Bach macht die Stirn faltig, Frau Nowak die Stimme so, wie wenn sie mit den alten Menschen spricht: »Ist das auch die Wahrheit?«

»Ja.«

»Sicher?«

Wenn Mama hier wäre, würde sie sich bereit machen, in so einem Moment. Sich nichts gefallen lassen. Tinka zieht das Ende ihres Schals wieder aus der Jackentasche: »Ja.«

»Und jetzt?«, Frau Nowak sieht Frau Bach an.

Tinka spürt einen Klumpen im Bauch, spürt, wie sie wegrennen will, zu Mama, zu Enders, in ein sicheres Zimmer, Tür zu. Stattdessen fragt sie: »Warum seid ihr so?«

»Bitte?«, meint Frau Bach.

»So. Als ob ich komisch wäre. Und Mama – ihr habt eben über sie gesprochen.«

»Keiner sagt etwas gegen euch«, antwortet Frau Nowak, »aber stehlen ist nicht in Ordnung.«

»Ich weiß.«

»Katharina, eigentlich möchten wir lieber mit deiner Mutter sprechen, statt über sie. Weißt du, wo sie gerade ist?«, fragt Frau Bach.

Tinka schüttelt den Kopf.

Frau Nowak beugt sich so, dass ihr Kopf auf Tinkas Höhe ist:»Hör mal, Schatz, Frau Bach und ich, wir machen uns Sorgen. Auch um dich. Deine Mutti hat eigentlich versprochen, ins Büro zu kommen. Wer Versprechen nicht einhalten kann, der …«

»Sag ich doch, ich bin nicht doof.«

»Es ist leider ernst …«, fängt Frau Bach an, aber Frau Nowak fällt ihr ins Wort.»Wir wollen dir und der Mutti helfen. So wie das jetzt ist, weißt du –«

»Katharina, sagst du ihr, dass ich dringend mit ihr sprechen muss?«

Frau Bach presst den Mund zusammen, und Frau Nowak sieht aus, als ob sie gleich zu weinen anfängt. Tinka versteht, dass Mama und sie hier nicht mehr lange bleiben werden.

»Okay«, antwortet sie und geht.

Das kann doch nicht gut für ein Kind sein,
    die Kleine, schon wieder allein.
Das kann doch nicht gut für ein Kind sein –
    das geht nicht. Wir schalten wen ein.

Nach Hause, gut – nach Hause. Tinka merkt, wie ihre Füße leichter werden. Sie könnte aufs Zimmer, aber weiß, dass da niemand ist. Den Schal lässt sie nun ganz schleifen. Wenn er ihr zwischen die Beine geraten will, hüpft sie – einmal, zweimal, dreimal. Dabei stellt sie sich vor, wie sie Herrn Tomsonov zum Abschied winkt und verspricht, trotzdem manchmal zum Essen zu Besuch zu kommen. Auch stellt sie sich vor, wie sie aus Decken und Tischen das

Tinkamamazimmer zu einer großen Höhle umbaut und mit Mama darüber lacht, wie Enders im Wohnzimmer schnarcht.

Beim dreizehnten Hüpfen ist sie wieder bei der Pforte angekommen. In ihrem Rücken spürt sie, dass Frau Nowak ihr nachgelaufen ist – aber das ist ihr egal, denn schneller ist sie eh, wenn es darauf ankommt. Sie setzt den Ranzen ab, legt den Schal vor dem Aquarium quer über den Boden und räuspert sich, damit Pfortenmichi vom Handy aufschaut.

»Ich kann schon voll weit springen. Willst du mal sehen?«

Tomsonov
Frist

Tomsonov muss husten, als er den Kellervorraum betritt. Dünner Rauch steht im Tunnel. Es dauert, bis die neue Pflegerin ihm entgegenkommt, ebenfalls hustend. Sie lässt sich auf einen der Erdhaufen rutschen und bleibt dort sitzen, bis ihr Husten abebbt. Er erkennt den Geruch von verschmortem Metall.

»Hast du geflext?«, fragt Tomsonov und reicht ihr eine Wasserflasche. Sie nickt.

»Ist sehr dumm.«

»Weiß ich. Aber ich bin nicht mehr lange da.«

»Hast du gestützt?«

»Na ja. Ich hab mich bemüht. Mit dir geht das besser.«

»Gut«, er zieht die Kabeltrommel und den Heizlüfter an den Tunneleingang.

»Hey.« Als er sich zu ihr umdreht, hält sie ihm einen Schein entgegen. »Oben behaupten sie, dir fehlt was.«

»Nicht das. Aber sie klauen, passt du auf.«

Die neue Pflegerin nickt, steckt den Schein wieder weg. »Bis morgen noch, dann bin ich hier weg. Ich geh aber nicht einfach so.«

Einfach so geht niemand, denkt Tomsonov und muss schon wieder husten, sich sammeln. »Morgen. Gehst du wohin?«

189

»Aufs Meer. Ich nehm meine Tochter, und wir brennen durch.«

»Hast du zwei Tickets. Hin und zurück?«

»Keins.«

Der Heizlüfter brummt armselig gegen den Rauch an. Tomsonov setzt sich neben sie.

»Du bist scheißunglücklich, oder?«, sagt sie und berührt ihn mit dem Ellenbogen.

Er winkt ab.

»Nur da oben oder überall?«, fragt sie.

›Geht dich nichts an‹, liegt ihm auf der Zunge, aber er sagt: »Kommt es drauf an.«

»Wann warst du es zum letzten Mal nicht?«

»Lang her. Konzert.«

»Was für ein Konzert?«

»Gehst du. Was sitzt du noch?«

»Ich hab gesagt, ich geh nicht einfach so«, sagt sie. »Und ich will dafür sorgen, dass du mich auch nicht einfach so vergisst.«

Morgen also, denkt Tomsonov, was ist das noch?

Enders
Zurück

Wieder steht er an der schmalen Glastür im Treppenhaus. Der kaputte Knirps liegt immer noch auf der Stufe.
Enders atmet durch. Straße, Tennisheim, Stadt, Amt.
Er zieht an der Tür. Gestern noch war sie angelehnt wie
immer, er drückt. Das Notausgang-Schild prangt grün
unter der Decke. Noch einmal zieht er, legt dann die
Stirn an die Glasscheibe und stößt ein fassungsloses Lachen aus. Er klopft sich die Taschen ab, sucht die Mit-
arbeiterkarte, die Mascha ihm einmal gegeben hat, mit
der sich die Tür über das graue Plastikfeld unter der
Klinke öffnen lässt – und die, wie er sich erinnert, in
der Tasche seiner anderen Hose steckt. Die andere Hose
in seinem Rucksack. Der Rucksack bei Mascha. Oder
schon im Müll.

Er tritt den Schirmständer um und macht sich auf den
Weg in Richtung Pforte.

Die gläserne Schiebetür zum Innenhof der Residenz öffnet
sich vor ihm, es ist schon dunkel. Von draußen zieht ihm
kalte Luft entgegen, die nach Holzfeuer und Diesel riecht.
Hinter sich im Eingangsbereich hört er das übergroße
Aquarium blubbern. Straße, Tennisheim, Stadt, Amt. Die
Schiebetür vor ihm schließt sich wieder.

»Was vergessen?«, fragt der junge Kerl am Empfang in seinen Rücken.

»Nein«, antwortet Enders.

Die Lage erklären. Nicht weiter schwer. Die Schiebetür zum Innenhof öffnet sich.

»Intervall-Stoßlüften. Schön«, murmelt der Kerl hinter ihm.

Er könnte bei Grunja anrufen, ihr verspätet ein frohes Neues wünschen und sie fragen, ob er ihr den Fünfer vorbeibringen kann, den er ihr noch schuldet. Nach der letzten Schachtel Zigaretten hat er noch fünf siebzig in der Tasche.

»Schön, echt. Sauerstoff. Gut fürs Gehirn«, kommt von hinten.

Anrufen unter welcher Nummer? Er hat nur die des alten Festnetzanschlusses vom Stern, den es nicht mehr gibt. Nicht einmal den Nachnamen von Grunjas Tochter kennt er.

Die Schiebetür schließt sich.

»Könnten Sie bitte, bitte von der Tür weggehen? Rein oder raus?«

Enders dreht sich um. Der junge Kerl kann kaum zwanzig sein, sieht viel zu bleich, viel zu ernst für sein Alter aus. Einsam, denkt Enders und sagt:

»Rein?«

Der junge Kerl stockt: »Habe ich Sie eigentlich auf der Liste?« Er blättert in den Papieren an seinem Klemmbrett. Enders muss das Salamibrot ansehen, das angebissen in einer Frühstücksbox neben dem Telefon liegt.

»Familie? Physio?«

»Physio?«

Da sind blaue Schatten unter seinen Augen, der junge Kerl schläft wohl schlecht. Enders möchte ihn fragen, wie er hier gelandet ist, an der Theke eines Altenheims. Hier draußen, wo es kaum etwas zu sehen gibt. So allein.

»Ich habe aber keinen Termin auf der Liste und Sie sehen nicht aus wie die Physio.«

»Wie dann?«

»Ich weiß nicht. Nur, hier muss stehen, wer gerade da ist.«

»Schreib Physio.«

Der junge Mann fährt sich unbeholfen über das Kinn, »Ich habe Sie hier schon gesehen. Sorry, wenn ich Sie nicht erkenne. Wenn hier noch nichts steht, muss ich irgendetwas eintragen.«

»Sonst?«

»Bekomme ich Ärger.«

»Glaub ich nicht.«

Enders sieht noch einmal das Salamibrot an, kann es riechen. Auf der Innenseite des Boxdeckels klebt ein Zettel mit einem aufgemaltem Herz.

»Essen Sie das noch?«

»Was?« Der Adamsapfel hüpft über die bleiche Kehle des jungen Mannes.

»Das Brot da?«

»Ähm«, er hält ihm die Frühstücksbox hin, »im Ernst?«

Als Enders das Brot nimmt und abbeißt, sieht der junge Kerl ihm genau zu und verzieht den Mund.

»Ist alles in Ordnung mit Ihnen? Brauchen Sie Hilfe?«, fragt er nach einer Weile.

»Ja«, antwortet Enders, »ich glaube schon.«

Als zwei Stunden später das Gittertor zur Straße hinter ihm zufällt, hat Enders auf einem Zettel die Adresse von Grunjas Tochter bei sich, fünfundzwanzig Euro siebzig – und Michaels Nummer. Zur Stadt, zum Amt, die Lage erklären. Das ist schwer, aber er kommt schon durch.

Tinka
Tänzerin

Mama küsst Tinka auf die Stirn. Sie riecht verschwitzt und nach Erde. Tinka blinzelt und glaubt erst, dass sie längst wieder zu Hause ist: Sie sucht das Fenster mit der Straßenlaterne, das blaue Licht vom Tedi unter ihrem Zimmer, ihre Poster – aber es ist dunkel, die Wände sind kahl, und das Bett hat ein Geländer. Wo zu Hause das Fenster ist, ist hier die Tür, neben der schon Mamas Tasche und Tinkas Ranzen warten. Alles bis auf Zahnbürste und Morgenklamotten haben sie dort schon zusammengepackt. Mama küsst sie auf die Wange: »Aufwachen, Mücke.«

Tinka richtet sich im Bett auf, legt den Kopf in Mamas warme Halskuhle. »Gehen wir schon?«

»Noch nicht. Ich hab erst noch was Gutes. Zieh dir Hausschuhe an und einen Pulli. Dann komm.«

Auf dem Flur sind alle Steckdosenlichter aus. Tinka erkennt fast nicht, dass Lore im Nachthemd vor der Tür wartet und sich an ihrer Räderflasche abstützt. »Nach Hause?«, fragt sie schüchtern.

»Besser«, antwortet Mama und führt Lore und sie zum Fahrstuhl.

»Nach Hause«, Lores Stimme klingt unter ihren Schläuchen dünn und gehaucht. Beim Warten nimmt Tinka Lores Hand und streichelt sie. Es geht nach ›U‹, in den Keller, und es wird flau in Tinkas Bauch, als der Fahrstuhl mit ihnen sinkt.

Kaum öffnet sich unten die Tür, hört sie es schon, ganz schwach: Musik. Gitarre und viel Trommel irgendwie – dumpf, weit weg, und ein wenig schief, aber anders als beim Einschulungsfest.

»Kommt, kommt!«

Mama nimmt Lores Flasche und führt sie an den Fahrrädern vorbei, zur geheim geknackten Tür, hinter der die Musik etwas lauter wird.

Zwei Nachttischlampen sind in der Kabeltrommel eingesteckt und beleuchten das Loch, das so groß geworden ist, dass es Mama schon über den Kopf geht und tief ins Dunkel führt. Die ganzen Wände entlang reihen sich Erdhaufen, sie haben schon alle Schrottmöbel gefressen. Sehen aus wie Riesentiere, die mit prallen Bäuchen auf der Seite liegen und bucklige Schatten werfen. Lore wird langsam, bleibt stehen.

»Na kommt, traut euch. Herr Tomsonov wartet. Wir feiern Abschied.« Mama geht auf das Loch zu.

»Da drin?«, fragt Tinka. Mama nickt.

Oben ist doch Mamas Tasche schon gepackt, auch Tinkas Ranzen – und Mama hat ihr gesagt, dass sie nicht sauer ist auf sie, auch nicht enttäuscht von ihr, dass es weitergeht und alles gut wird, irgendwie, wenn sie erst einmal von hier weg sind und sich ausgeruht haben.

»Herr Tomsonov soll da rauskommen. Ruf ihn, Mama.«

»Das geht nicht, Mücke.«

»Er soll.«

»Wenn ich hier rufe, hört er nichts. Er hat sich Musik gewünscht, ein Konzert. Dass Leute kommen. Komm mit und sag es ihm selbst.«

»Ruf ihn trotzdem. Er soll!«

Sie hält sich an Mamas Hüfte fest, so fest es geht – und es ist egal, dass sie weiß, dass das Klammern ist und dass Mama Klammern hasst. Tinka hat doch geschlafen, auch wenn es draußen noch dunkel ist und der Wecker noch nicht geklingelt hat – nach Schlafen kommt nach Hause, das war das Versprechen. Mama legt die Arme um sie. Sie wippt ganz leicht mit den Trommelschlägen hin und her und lässt Tinka dabei mitwippen: »Hör mal hin, Mücke. Ist doch schön.«

»Aber hier ist alles dreckig.«

»Ja«, Mama bewegt auch die Beine, »und?«

Tinka braucht ein bisschen, bis sie sich an den Händen nehmen lässt, sich drehen lässt, in der leisen, etwas schiefen Musik. Mama lächelt. An ihr vorbei kann Tinka Lore nur noch von hinten sehen – sehen wie sie, längst im Loch, halb fällt, sich halb auf Hände und Knie herunterlässt, die Räderflasche hinter sich herschleift und sich in die Schwärze bewegt.

»Nein!«

»Oh.« Mama lässt Tinka los. »Da muss ich hinterher. Sie hat kein Licht. Kommst du mit?«

Tinka schüttelt den Kopf. Mama lächelt immer noch, aber nur so halb, zieht die Stirnlampe aus der Hosentasche, setzt sie Tinka auf und knippst sie an: »Aber du hast jetzt eins. Wenn du dich noch nicht traust, komme ich gleich wieder und hol dich nach.«

Die Erdhaufenschatten zucken in Tinkas Stirnlicht hin und her.

»Mücke, keine Angst. Bis gleich, okay? Bis gleich.«

Erst setzt Tinka sich noch auf die Plane, wo sie halb vergraben den Entschuldigung-Bären findet, den Enders ihr einmal vor die Tür gesetzt hat. Wie lange das her ist. Sie nimmt ihn, streichelt ihm die Erde aus dem Fell – und merkt, dass sitzen und warten nicht geht, auch nicht mit Bär und Licht, dass das alles falsch ist.

An der Fahrradkellertür erschrickt sie: Jemand kommt ihr entgegen, kaum größer als sie selbst. Erst als sie das Gesicht anleuchtet, erkennt sie Frau Küff, die fast immer im Bett liegt und Tabletten ins Gebüsch vor dem Fenster spuckt. Tinka überlegt, die Tür zuzuhalten. Frau Küff aber scheint das zu ahnen und spricht sie sehr höflich an: »Mädchen, lass mich. Mein Bruder. Ich muss.«

Tinka lässt sie durch. Ihr bleibt nichts, als zuzusehen, wie Frau Küff an den Erdhaufen vorbei weiterstolpert, sich auf die Knie niederlässt und langsam im Dunkel verschwindet.

›Bis gleich‹, hat Mama gesagt – aber nicht, wo sie sie holt. Tinka geht zurück bis zu den Stufen neben dem Fahrstuhl. Kaum hat sie sich gesetzt, öffnet sich die Fahrstuhltür: Doris mit dem blauen Morgenmantel kommt heraus und zuckt erst zusammen, als sie Tinka bemerkt, guckt dann aber freundlich. Sie greift in ihre Manteltasche, hält ihr zwei Euro und ein Sahnebonbon hin. Obwohl Tinka beides nicht annehmen will, legt Doris es neben sie auf die Stufen. Dann wendet sie sich ab, dem Loch entgegen.

Als Tinka hört, wie der Fahrstuhl wieder nach oben gerufen wird, ist sie schon halb die Stufen hinaufgestiegen. Je weiter sie sich vom Keller wegbewegt, desto schneller wird sie.

Enders' Zimmer ist leer, nicht einmal das Bett ist bezogen. Tinka macht sich in Enders' Sessel klein und deckt sich mit der kahlen Decke zu. ›Bis gleich‹, hat Mama gesagt. Wenn sie sie erst findet, wenn es schon hell ist, dann wird alles gut, denkt Tinka und macht das Stirnlicht aus.

Mascha
Wand

»Kommt«, hat Mascha an die Betten herangeflüstert, »heute Nacht!«, und sich lebendig gefühlt. Ein Nachtdienst allein – ihr letzter, hat sie entschieden und es ihrer Tochter versprochen. Gerade noch genug Zeit für eine Tat.

»Kommt«, hat sie gedacht und den CD-Spieler aus Frau Bachs Büro besorgt, auch das Kirschwasser aus ihrer Schreibtischschublade, noch mit Weihnachtssternen beklebt. Aus dem Pausenraum die sechsunddreißigeinhalb Packungen Merci, Piccolos, Booster-Dosen und Feiertagsdekoration. Sie hat im Keller die letzte alte Tür zerschlagen und hinter dem Bohrkopf aus Türstücken Stufen gelegt, damit niemand auf dem Weg nach unten rutscht, den sie erweitert und freigeschlagen hat. Der Einsturz mit den gebrochenen Balken war leichter zu stützen, als Tomsonov ihr gesagt hat, wie.

»Kommt!«

Und sie sind gekommen: Tomsonov und Lore Windner, selbst Frau Schmiding mit dem misstrauischen Blick. Es kommen noch mehr, weil Mascha gerufen hat. Sie stehen herum, zögern noch. Mascha legt sich und ihnen Lametta über die Ohren, hängt ihnen Papierblumenkränze um.

»Und jetzt feiern wir!«, hat sie Tomsonov gesagt, auf »Play« gedrückt und den CD-Spieler auf die Bank gestellt, die halb in die Erde ragt. Von alten Konzerten hat er erzählt, jetzt lehnt er an der Erdwand, bewegt die Finger im Takt.

Die alte Schmiding steht am Rand und beäugt den Einsturzhügel, über den sie gestiegen sind.

»Das hält«, sagt Mascha.

»Meine Söhne, die Ingenieure, die hätten das –«

»Die sind nicht da.«

Mascha drückt ihr die Kirschwasserflasche in die Hand.

Lore blinzelt und faltet die Hände vor der Brust. Sie hält sich nah an Frau Schmiding und nickt stumm vor sich hin. Auch die kleine Frau Küff ist zu ihnen gestoßen. Sie bewegt sich zaghaft, wie im Traum, und tastet mit knotigen Händen die Erdwand ab. Friedlich sieht sie dabei aus. Auch wenn sie beim Waschen nicht mehr keucht, kennt Mascha ihr Gesicht fast nur schmerzverzogen. Nur einmal, flüchtig, nachts, als sie bemerkt hat, wie Enders bei Frau Küff, bei Elfi, saß, hat sie ihren Ausdruck so zart gesehen.

Fast erwartet Mascha, dass auch Enders sich unter den Balken hervorduckt. Nein, denkt sie, er ist wund und längst wieder in der Stadt. Er hat anderswo seinen Trost gefunden. Tomsonov grinst. Mascha lehnt sich neben ihn an die Erdwand. Dies ist ein guter Moment, entscheidet sie, ein kurzer nur.

»Kommst du?«, fragt Tomsonov sie.

»Wohin?«

Und er zieht sie mit sich, durch die Wand in ihrem Rücken.

Chor

Unruhig die Nacht und die Residenz,
draußen, da bricht das Feld.
Während die Bach noch um Fassung ringt,
wird schon der Notruf gewählt:
Bewohner fehlen in ihren Betten,
jemand muss kommen, finden, retten!
Was ist hier los, was ist nur los?
Die Heerdmann fehlt auch noch, grandios.

Bald nimmt schon Blaulicht die Fenster ein
Bewohner, verschwunden, wo sollen sie sein?
Na wunderbar, ganz wunderbar!
Wie machen wir das den Verwandten klar?
Ein Krater klafft.
Draußen schon Prüfung auf Statik-Gefahr.
Ein Senkloch klafft.

Im Keller, ein Durchbruch, das Loch, ein Graus!
Schmiding, Windner und Küff,
kriechen da dreckig und verstört heraus.
Schmiding, Windner und Küff.
Hinter ihnen, zusammengefallen:
der Tunnel. Die Einsatzlichter strahlen.
Sind es alle? Man suche, leuchte, zähle!
Nicht alle: Tomsonov und Heerdmann fehlen.

Tomsonov
Musik

Tomsonov sieht nicht mehr gut, hier unten hört er besser. Neben ihm Musik: Deep Purple, Pink Floyd – Bass, Gitarre, aus einem scheppernden Radio, das er kaum ertragen kann. Mehr Flöte, denkt er und muss grinsen. Aber tief unten, weit draußen – da ist noch mehr. Er lehnt den Hinterkopf an die Erde und lauscht.

Da war kein Verrat, niemand hat ihn abgeholt und fortgebracht. Die neue Pflegerin hat ihn geführt: An der Ortsbrust vorbei, die Schienen entlang, in den Tunnel hinein. Da ist ein Einsturz, ja. Stützen, man hätte besser stützen müssen, aber was soll man jetzt noch stützen, wenn alles schon liegt?

»Kommst du?«, fragt er und zieht die Pflegerin mit sich.

Da ist ein Weg in die nächste Schicht, nur vorübergehend, hinter der Wand: Eine Treppe hinunter, ein Schacht, hin zu einem wummernden Bass. Er will es ihr zeigen, die richtige Musik, die unter der falschen liegt, den Moment.

Die Treppe, die er sucht: weniger Erde, mehr Beton. Eine Frau hat ihn das letzte Mal geführt, seine Exfrau, Frau, seine Tochter – wann ist sie erwachsen geworden? Statt eines Bahnsteigs wartet unten eine Menschenmenge. Es riecht nach Bier und Schweiß. Er fühlt sich alt und langsam, aber die Musik – er spürt im Bauch den Rhythmus.

Es ist dunkel, die neue Pflegerin wehrt sich, tastet hastig die Wand hinter sich ab, die sich schon wieder geschlossen hat. Sie holt ihre flache Lampe hervor, funzelt um sich. Er wartet, solange sie tastet und bis sie begreift. Vor ihnen die Treppe, der Schacht, der schräg nach unten führt.

»Wo sind wir?«, fragt sie und ihre Stimme klingt zittrig.

Er weiß es nicht genau, kann es nicht erklären, müsste früher beginnen – noch unter staubigem Himmel, als er schon einmal mitten in Musik stand. Das war, das ist – er hat seine Tochter, noch Mädchen, an der Hand. Neben ihnen ein Bauzaun. Sie sieht zu ihm auf und er durch das Gitter über viele Rücken und Köpfe hinweg zu einer bunt beleuchteten Bühne. Ein Konzert: Er hat nicht genug Geld, Karten für seine Tochter und sich zu bezahlen, doch auch auf der falschen Seite des Zauns sind sie dicht genug dran, um es zu spüren. Kein Flötenklang, nur Bass, Gitarre: die Musiker winzige Silhouetten im Bühnenlicht. Nicht weit von ihm und seiner Tochter gibt es eine Zufahrt, dort sind zwei Bauzaunelemente mit einer Kette versperrt, die nur ein schmales Vorhängeschloss hält. Hätte er ein Blech bei sich und eine Schere, er könnte ihr zeigen, wie man es knackt. Sie könnten sich hineinschleichen, er würde sie näher an die Bühne führen, mit ihr die Gesichter der Musiker bewundern, die ganz in ihr Spiel versunken sind. Wenn ein Kind aber herumerzählt, dass er

Schlösser knackt, wenn das jemand mitbekommt – oder seine Exfrau, wenn sie es jemandem sagt, der ihn mitnimmt, fort von hier, fort von seiner Tochter, die er doch nur noch so selten sieht –

»Hörst du?«, fragt er seine Tochter, aber sie hört nicht hin und zerrt an seiner Hand, will in eine andere Richtung. Er blinzelt. Von der Bühne erwartungsvolle Stille.

»Noch nicht da«, sagt Tomsonov und zieht die neue Pflegerin die Treppe hinab.

»Hörst du?«, hat seine Tochter ihn gefragt. Sie ist erwachsen, dort, wo er hinwill, im durchblitzten Dunkel der alten U-Bahn-Station. Er sieht es nur an den Bewegungen ihres Mundes, denn die Musik bricht plötzlich über sie hinweg. Er lässt sich von ihr durch die Menge führen, in Richtung einer schlecht gebauten Bühne. Tomsonov spürt Ellenbogen in seinen Rippen, spürt, wie man ihn von hinten schiebt und seine Tochter – er will sie doch stützen – dreht sich zu ihm um: »Gehts?«

Er nickt.

Es stößt ihn in den Rücken, Schultern gegen Schultern, der Bass, der Bass.

»Sollen wir lieber an den Rand, Papa?«

Nein, nie mehr. Er hat zu viel Zeit am Rand verbracht, noch einmal mittenrein. Die Menschenmenge beginnt zu springen und er auch, so gut es eben noch geht. Sie sieht es und jubelt.

Genau da will er hin.

Dann, ein Stoß in die Niere, einer in die Seite, auf einmal überall nur noch Beine, klobige Stiefel, Hände, die ihm aufhelfen wollen, und das besorgte Gesicht seiner Frau, Tochter, seiner –

Nein, das ist zu weit. Nicht das, nur das nicht. Tomsonov wird langsamer, konzentriert sich, lauscht.

Seine Frau, Exfrau, die ihn im Flur vom Boden hoch und ins Badezimmer zerrt. Seine Haare kleben an seiner Wange. Ein säuerlicher Geruch liegt in der Luft. Sie zerrt auf einmal auch an seinem Hemd, reißt die Knöpfe auf, macht die Duschbrause an – er wehrt sich.

Sie geht. Alles geht nur noch so langsam. Seine Augen schmerzen, ihm ist schlecht. Er setzt sich erschöpft auf dem Toilettendeckel ab. Als sie wiederkommt, hat sie das Sofakissen dabei.

»Papa, hältst du mich eigentlich für bescheuert?«

Sie öffnet den Kissenbezug und schüttelt. Er will etwas antworten – will etwas und weiß nicht, was.

Aus dem Kissen fallen die leeren Weinbrandflaschen und zerklirren auf den Fliesen. Vergilbte Seiten flattern in die Scherben. So hell. Es ist viel zu hell. Er stemmt sich hoch, greift an ihr vorbei zum Lichtschalter – und rutscht aus.

Als sie ihm die blutende Fußsohle desinfiziert, spricht sie wie aus der Ferne zu ihm: »Papa, wenn ich so erschöpft bin – das bin doch nicht ich. Das sind doch nicht wir. Wann haben wir das letzte Mal einen schönen Moment miteinander verbracht? Wann? Ich schaff das nicht mehr.«

»Bitte, machst du das Licht aus?«

»Lass mich!«, sagt die neue Pflegerin und reißt sich frei. Sie leuchtet hinter sich, lässt ihr Licht nervös hüpfen, leuchtet die Stufen hinunter und hinauf. »Wir müssen hier raus!«

»Still, bitte.«
Wenn sie so laut ist, verliert er es.

»Papa, das geht so nicht mehr«, sagt einmal im Auto seine Frau und er versteht, dass er nun »Exfrau« denken muss. Es riecht nach Sommerhitze auf der Autobahn. Er wünscht sich, er könnte sie wieder siezen. Noch fast 500 Kilometer Rückfahrt müssen sie zusammen im Wagen verbringen. Und dann? Er denkt daran, dass sie es diesmal wieder nicht geschafft haben: Sie haben ihrer Tochter die alten Wohnblöcke nicht gezeigt, ihr nichts erklärt. Der Tank ist fast leer, sie müssen abfahren. Er blinzelt in die Sonne.

»Papa, das geht so nicht mehr«, sagt seine Exfrau, setzt sich ans Steuer und fährt mit ihm an den Stadtrand, wo seichte Radiomusik aus den Fenstern hallt.

»Erst mal vorübergehend, sieh es dir an, bitte.«
Aber er sieht längst nicht mehr gut.

Er möchte ihr noch antworten: »Der schöne Moment, ich weiß wann. Da war Musik – die Treppe runter, eine U-Bahn. Ich bin gesprungen, du warst dabei, wir beide mittendrin. Lass uns noch einmal.«

Sie schüttelt den Kopf: »Papa, bitte. Hörst du mir zu? Du verstehst, wo wir hinfahren?«

Er reibt sich die Augen.

Sie klebt blaue Folie an seine Fensterscheibe und kauft ihm ein modernes Radio. Sie hält seine Hand. Sie zieht seinen Führerschein aus dem Buch, in dem er ihn versteckt hat. »Das geht einfach nicht mehr.«

Sie sitzt neben ihm beim Essen; er schiebt ihr eine Cocktailtomate hin. Sie bringt ihm Kaffee, den er direkt aus dem Kannenschnabel trinkt. Sie nimmt Geld aus seiner Börse, während er tut, als ob er schläft. Sie zieht ihm das Armband aus, mit dem er das Tor öffnen kann.

Er braucht kein Armband mehr, er muss nur noch weiter nach unten. Sie sind fast da.

»Kommst du!«

»Ich muss zurück, ich will.« Die neue Pflegerin folgt ihm nicht mehr.

»Ich nicht«, antwortet er, »lässt du mich?«

Sie schüttelt den Kopf.

»Geh ich weiter.«

Sie schüttelt den Kopf.

»Ist das meine Entscheidung. Geh du nach Luftzug, ja?«

Die Zeit ist löchrig hier, auch der Ort. Tomsonov legt die Schläfe an die Wand. Fast da. Er lässt sich in die Erde fallen, in die nächste Schicht, bevor die neue Pflegerin ihn erreicht und greifen kann.

Mascha
See

Mascha ist heiser. Sie hat Tomsonovs Namen gebrüllt, mit den Händen versucht, ihm nachzuwühlen – vergeblich. Sie hat stufaufwärts geleuchtet. Statt einer Erdwand, aus der Tomsonov und sie gestiegen sind, ist dort ein Einsturz: Erde, Brocken und Balken. Sie hat geschrien. »Hallo!« und »Hilfe!«, so laut sie kann. Sie hat sich gesetzt und geweint. Sie ist aufgestanden, solange sie noch die Wahl dazu hat. Dem Luftzug nach, hat Tomsonov ihr gesagt, also die Stufen hinab.

18 Prozent Akkulicht gegen das Dunkel. Ihre Schritte, ihre wundgelaufenen, klumpgewordenen Füße, ihre aufgeweichten Schuhe mit ergonomischem Bett. Sie watet durch flaches, trübes Wasser. Wie weit weisen 18 Prozent den Weg? Die Stufen sind längst verschwunden, der Boden unter ihr uneben geworden. Was sich vor ihr erstreckt, ist menschengemacht, mit Kanten, mehr Schacht als Tunnel in die Schwärze. An den Wänden ein Schlammfilm – bis zur Schulter fühlt er sich feucht an, darüber noch klamm. Es gibt hier nur eine Richtung: geradeaus. Sie löscht ihr Licht. Nicht denken. Nur mit den Füßen. Sie stellt sich ein Teelicht vor, ein flackerndes, am Wannenrand, das nicht erlöschen will. Stellt sich vor, wie jemand nach ihr ruft.

Das Wasser ist zwei Fingerglieder tief geblieben. Sie versucht, ihren Atem zu beruhigen, gegen das Dunkel anzuruhen – zückt ihr Licht: 14 Prozent.

Und da ist Weite am Ende des Schachts: ein spiegelschwarzer See, ein kältestechender See in saurer Tunnelluft. Mascha beschleunigt ihre Schritte und hebt das Licht. Wie viel Raum sich vor ihr aufspannt: Eine Felsdecke aus rauem, schwarzem Gestein wölbt sich über ihr, glockenförmig, drei Meter hoch und höher. Ein Saal, denkt Mascha, als sie es auf dem Wasser spiegeln lässt. Im Gestein funkeln schwarze Bläschen, wie die Augen dutzender Mäuse. Sie betastet sie mit klammen Fingern. Ein Glanz, denkt sie und: Mücke, schau. Wie schön.

Das Wasser reicht ihr bis zu den Schienbeinen. Die Wasserfläche ist glatt, zwei Straßen breit. Auf der gegenüberliegenden Seite reicht eine Wasserzunge in einen weiteren Schacht.

»Herr Tomsonov? Hallo?«, ruft sie. Tinka.

Nichts, nur der Hall ihrer Stimme. Im Wasser, unter ihren Sohlen, spürt sie weichen, sandigen Grund, spürt, wie er steil vor ihr abfällt. Sie hält sich eng an der Wand, tastet sich schrittweise voran und muss bald einsehen, dass sie ab hier nicht mehr gehen kann.

Sie macht einen Schritt nach vorn ins Wasser. Im Sommer drei Stunden im kalten See schwimmen, denkt sie, und wenn jemand zum Tanzen ruft, was mit blauen Lippen grinsen. Sie legt sich den Handrücken an die Wange. Die Haut in ihrem Gesicht fühlt sich rauer als erwartet an.

Mücke, denkt Mascha, du hast dir mich nicht ausgesucht – und was ich dir bringe, ist wahrscheinlich nur eine neue dumme Geschichte.

Sie atmet einmal tief ein und schwimmt.

Tinka
Enderin

Durch das Fenster, hinter der Mauer auf dem Feld: der
dunkle Boden, der zerwühlte Boden, der Silbernebelfilm
darüber. Es ist früh, die Sonne noch grau. Der frische
Kaffeegeruch mischt sich gerade so in den abgestandenen
der Nacht und kommt aus den Ritzen der Gemeinschafts-
küchentüren zu Tinka in den Flur. Sie schleicht ihn entlang, leicht bergauf. Die Pflegefrauen sind schon unterwegs, eilen nervös durch alle Stockwerke. Sie kann gerade
nicht haben, dass sie jemand entdeckt und in den Arm
nehmen will, deshalb passt Tinka auf, dass sie allein bleiben kann. Jetzt wo es hell wird, jetzt wo die blauen Feuer-
wehrlichter nicht mehr dort draußen kreiseln, sieht es so
normal aus – wer es nicht weiß, für den ist das einfach nur
eine Vertiefung in der Erde. Aber sie weiß ja.

An den Fensterbrettern stützt sie sich ab, ein Fenster,
zwei, sieht hin, immer ein bisschen aus einer anderen Richtung, drei, macht sich gerade, vier Fenster, merkt sich, was
sie sieht, fünf, sechs, macht die Augen zu und stellt sich den
Ort draußen erst noch mal in dunkel und mit den blauen
Lichtern vor, macht sie auf und vergleicht das zerwühlte
Durcheinander mit dem, was sie erinnert hat, sieben, acht,
dann geht sie weiter, neun, zehn, elf, und erinnert ihn hell
und ganz glatt wie vom Bus aus, zwölf, als sie mit Mama

das erste Mal hergefahren ist, dreizehn. Sie haben im Keller den Tunnel gefunden. Mama ist noch nicht zurück.

Das vierzehnte Fenster liegt zu sehr um die Ecke – Tinka kann von hier aus die Stelle nicht mehr sehen, wie sehr sie auch ihr Gesicht an die Scheibe drückt. Weil man ab dem zweiten Stock die Fenster nur noch klappen, nicht mehr öffnen kann, kann sie sich auch nicht hinauslehnen, also muss ab hier das Sich-Vorstellen reichen. Mama.

Hinter der Mauer sieht sie jemanden die Straße entlangkommen, zu Fuß, jemand Großes, mit ganz leichtem Schwanken im Gehen – Enders, Tinka erkennt ihn am Gang. Sie blickt hinter sich, der Flur ist leer geblieben – und sie hat ja auch noch den dicken Pulli an und die Hausschuhe mit den festen Sohlen – also entschließt sie sich raus- und hinzugehen. Die Schiebetür steht offen, draußen sogar das Gittertor zur Straße.

»Kleene!«, ruft er, als er sie entdeckt.

Sie winkt und wartet, bis er vor ihr steht.

»Kleene. Hallo«, sagt er mit seiner tiefen Trösterstimme und dann nichts.

»Mama ist weg.«

»Ich weiß.«

Er riecht nach Zigaretten und Erde. Vorsichtig legt er ihr die Hand auf den Rücken, und sie spürt sie warm durch den Pullover: »Kleene. Mücke. Kleene.«

Und Tinka weint, bis es nach Kupfer schmeckt, versteckt ihr Gesicht in seiner Jacke. Enders nimmt die Hand von ihrem Rücken – aber Tinka hält ihn weiter fest, sodass er sie wieder zurücklegt.

»Ich hab Hunger«, sagt sie und wischt sich mit dem Ärmel die Nase ab. »Holen wir was?«

Mit Dank an:

Daniel. Für so ziemlich alles. Du geduldiger, kluger Mensch.

Gunnar. Für die Zuversicht, das beste Textgespür und dafür, dass es dieses Buch gibt. Lotti, Ludwig und das Kanon-Team.

Die Bayerische Akademie des Schreibens, besonders Katrin und Sandra. Für die intensiven Werkstattgespräche, den ganzen Mut und die gerade-so-mögliche, aber legendäre Feier im Krater der Pandemie.

Meine schreibenden Weggefährt:innen: Fabienne, Katrin, Thomas, Matthias, Alex, Ann, Nannina, Lisa und all die, die in diese Reihe gehören. Für spontane Telefonate, Lektorate und Insider. Für Postkarten und Buchpakete, für das »Ping« nach der Messe, für das Lesen am anderen Ende der Welt. Für das Mitfiebern und die Memes. Vor allem: für die Freund:innenschaft.

Den Förderkreis Deutscher Schriftsteller in Baden-Württemberg. Für die Förderung und dafür, dass ich mich auch vor der Haustür im Schreiben nicht allein fühlen muss.

Die Darmstädter Textwerkstatt. Für den Austausch, den Ort im Odenwald und die besten Gespräche bei Nacht.

Teil 3

Schwimmerin 147

... _._. .... ._. .. __ __ . ._. .. _.

Sophia Fritz
Steine schmeißen

Roman
232 Seiten
Broschur
ISBN 978-3-98568-080-1
Auch als E-Book erhältlich

Das Dinner for One der Generation Y

Wien, heute: In der Silvesternacht wollen Anna und ihre Freund:innen das alte Jahr rituell verabschieden. Dazu sollen sie ihre Tiefpunkte auf therapeutische Steine schreiben und später in die Donau werfen. Doch weil sich mit Drogen und Feuerwerk doch nicht alles betäuben lässt, brechen nach und nach Lügen, Misstrauen und Gewalt hervor. Dann reißt ein ungebetener Gast alles mit, woran sich Anna und ihre Freund:innen festgehalten haben.

»Ein scharf gezeichnetes Generationenporträt
mit satirischen Zügen«

Meike Feßmann, DLF

kanon colours

Domenico Müllensiefen
Aus unseren Feuern

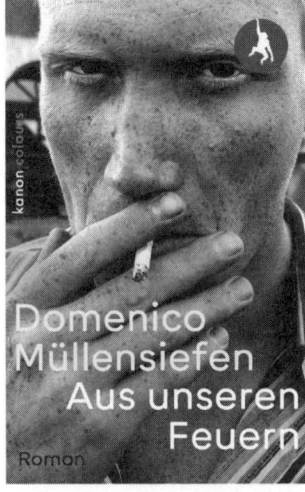

Roman
336 Seiten
Broschur
ISBN 978-3-98568-081-8
Auch als E-Book erhältlich

Requiem auf eine verlorene Generation

Bevor Heiko, Thomas und Karsten vor Langeweile sterben, legen sie lieber Feuer. Sie träumen davon, mit einem Mädchen zu schlafen. Der eine soll den elterlichen Schlachthof übernehmen, der andere will nach Amerika ausreisen. Der dritte, Heiko, muss in dunklen Gängen Kabel verlegen und saufen lernen. Als er Jana trifft, verliebt er sich in sie. Doch Jana hütet ein Geheimnis, das er zu spät lüften kann. Ein grandioser Arbeiter- und Nachwenderoman über drei Freunde, die ihre Herkunft nicht als Urteil und ihre Klasse nicht als Schicksal hinnehmen wollen.

> *»Eine aufregende Erzählung aus der Nachwendezeit,*
> *die in irrem Tempo und auf mehreren*
> *Zeitebenen surfend literarisch Funken schlägt.«*

Sandra Kegel, FAZ

kanon colours

Katharina Volckmer
Der Termin

Roman
Aus dem Englischen von Milena Adam
128 Seiten
Broschur
ISBN 978-3-98568-078-8
Auch als E-Book erhältlich

Dieser Roman ist obszön – und grandios

In einer Londoner Praxis entblößt sich eine junge Frau aus Deutschland vor ihrem Arzt Dr. Seligman. Obwohl sie nur seinen Hinterkopf sehen kann, vertraut sie ihm ihr Innerstes an: ihre heimliche Lust, ihre Schuldgefühle. In einem messerscharfen Monolog nabelt sie sich von ihrer Vergangenheit, aber auch von ihrer Gegenwart ab. Vom Umkleiden in der Badeanstalt bis zum Toilettenfick in der Bar begleiten wir eine junge Frau, die sich von ihrer Scham, ihrer Kultur und ihrer Geschlechtlichkeit fundamental befreit.

>*So düster und brillant wie* Naked Lunch
>*und dabei hinreißend schön.*«

Ian McEwan

kanon colours